晚安，糖果屋

徐珮芬

在這個故事中，沒有任何動物受到傷害。

No animals were harmed in the story.

(一) 禮物

星期四，春打開她的筆電，發現她收到一封陌生人寄的電子郵件。她點開來，直接拉到最底下的照片。

照片中的男主角，擁有一頭金髮和藍色眼珠，看起來五、六十歲，穿著打扮像個軍官。

春將視窗往回拉，閱讀前面的文字：

你好，親愛的朋友，這是一封唐突的信件。

然而，我有一些話想要對你說，希望你能耐心讀完以下的內容：

我是美國公民，也是一名士兵。

我現在正在阿富汗擔任一名醫官，在阿富汗聯合國維和行動組織下。

我今年五十四歲，我的全名是詹姆士・泰勒。

我曾經有過一個幸福的家庭，一個兒子，一個女兒，他們現在都已經長大成人。

我和我的前妻偶爾會與他們一起吃飯。

我的兒子雅各在念大學，他期待進軍校，和我一樣。

我還在阿富汗，但很快，我會回到我的國家。

讀到這裏，春才稍微意會過來，這封信是怎麼一回事。

再怎麼對這個令人絕望的世界缺乏理解，春偶爾也會在經過騎樓時，從小吃店的壁掛電視上，瞥見類似的新聞標題：

「美籍男友」險騙婦一萬美金

洋男誆投資石油多金熟女遭騙兩千萬

奈及利亞男化身白富帥詐美魔女上當

跨國愛情騙子要求幫提款兩女淪為車手

——所以，這次是我，被選中了嗎？一個小小的念頭，使她原本因為睡眠不足而半瞇的眼睛亮了起來。

如果你願意聽我說話，那就太好了。

我祈禱著，全能的上帝將幫助我們建立一種相互的友誼。

我相信，那將會是彼此生命中最好的禮物。

「禮物。」春忍不住將視線停留在這兩個字上，過了一陣子，才回過神來。

我非常高興在這麼大的世界中遇見你，女孩子。

親愛的，如果你不介意，你可以告訴我更多關於你自己。

關於我：我喜歡會見人，閱讀，旅行，也分享想法，我也關心自然，人類，愛情，藝術，環境，社會文化等。

期待你的回覆

你親愛的詹姆士上校

「我親愛的詹姆士上校。」她將筆記型電腦輕輕闔上，謹慎小心地覆誦這幾個字：「我親愛的，詹姆士上校。」

她拿起手機看時間：下午三點三十五分。

星期四。一個本來和星期三、星期五長得一樣的星期四。原來我還活著。她想。

她又重新把筆電打開。這一次，手指完全不是她自己的了：「親愛的詹姆士上校：嗨，你好。很高興認識你。我是一個作家……」

◌

凱瑟琳咖啡廳的店員，妮娜，此刻正打量著坐在窗戶旁邊，獨自對著筆電微笑的女孩子。

她好想過去問問那個客人，為了什麼事情感到愉快，能不能和她分享一下？

畢竟她們也算是「熟人」了，妮娜想。這個女孩子，總會在每個星期四的下午走進咖啡廳，而妮娜是這間店裏唯一的員工，已經很長一段時間了。

整間店裏，就只有她們兩個人，整個平凡無奇的星期四下午。妮娜與春，在互不相識的情況下，度過許多個凝結的下午。

這間位在小巷裏的咖啡店，已經營業了好幾年，生意一直不怎麼樣。瀟灑成性的老闆並不在意，未曾想過要改變裝潢風格，或推出新的行銷策略。身為唯一的店員，妮娜沒有任何意見，也一點都不擔心被解僱。咖啡店就是她的第二個家，就連窗戶邊的小盆栽，都是她從自己的住處帶來的。平常，沒有客人光臨的下午，妮娜索性直接坐在收銀機旁邊，滑手機滑到必須點眼藥水舒緩。

在工作時總綁著馬尾的妮娜，每天花掉她大部分的時間，忙著瀏覽其他人的社群軟體——她只關心實際生活中不認識的人。

窺視別人的生活，是妮娜最熱衷的事情。但，並不是所有人。她只對長得好看的人感到無限好奇，尤其是漂亮的女孩子。她們假日都會去怎麼樣的地方拍照打卡、會為自己的房間挑選什麼顏色的油漆，上下眼瞼各接多少根睫毛、該多久接一次？

其中，她最喜歡觀察的對象，是一個在網路上自稱「小愛」的女孩子。妮娜全心全意把自己投入小愛的世界中。每天早上醒來睜開眼睛的第一件事，就是拿起手機，檢查小愛所有剛更新的動態。

妮娜關心小愛的髮色、發文章的語氣和使用標點符號的方式；同時也研究小愛的穿著風格和化妝技巧。她為與小愛有關的一切人事物執迷，第二才是她在咖啡店的工作。

這世界上能讓妮娜展露微笑的事有很多，除了她自己的臉。

◌

星期四下午，沒有下雨，也看不見太陽的陰天。這樣的天氣，最讓阿神感到焦躁。

他望向窗外，天空不屬於黑或白的任何一邊，是真正意義上的沒有顏色，甚至沒有一絲風在流動。阿神窩在狹窄的小套房裏，一手托著腮一手滑手機。

他反覆檢查著手機的訊息。

沒有任何新的通知。

真希望是房間裏收訊不好的問題。他想。

他已經失業好幾個月了。正確來說，他已經好久沒有工作了。在搬進來這個房間之前，他還住在女朋友的房子裏，每天吃她煮的菜，喝她一大早起床為他泡的咖啡，睡在她每天都會用吸塵器細心清理的雙人床上，靠牆壁的那一邊。

他還記得，那張雙人床的被套和枕套不是同一個顏色。女朋友非常在意這件事，老是念著總有一天要換成整套同色系的床包組，看上去比較舒服。「你喜歡什麼風格？天藍色怎麼樣？」女朋友問。

他聳聳肩，不置可否。

還沒有選到兩個人都喜歡的床包組，他就做了惹女朋友不高興的事，半夜被她趕出家門。他摸摸鼻子，暫時搬到大熊在附近租下的套房借住。

大熊是他過去還在便利商店打工時的同事，小他兩歲，但無論外貌或個性都更像哥哥。大熊身材壯碩，最喜歡在大太陽下運動，曬得很黑；他有一頭嚴重的自然捲，剛睡醒的時候，一頭鋼絲會翹得亂七八糟。

「有沒有人說過，你這樣很像原子小金剛？」阿神問。

「沒有，但是很多人說我像金城武。」大熊打了一個好大的呵欠。

在他眼中，大熊是個清楚自己想要什麼的人。在便利超商上大夜班，一個人忙進忙出補貨的時候，他也能夠自得其樂地哼歌。才二十五歲，就有深邃的魚尾紋。「天生的。」大熊指指自己眼角。

「那是因為你太愛笑。」阿神說。

「我爸和我媽也有，連我弟都有。」

「那就是你們全家都太愛笑了。」

大熊一激動起來，嗓子就會變尖，像是正在變聲的中學生。他特別喜歡逗阿神，老是在他身邊繞來繞去，不停講冷笑話，直到阿神忍不住「噗哧」一聲爆笑出來為止。

大熊知道他沒有什麼朋友，也不願意回老家和媽媽住。他被女朋友掃地出門的當天晚上，大熊馬上騎機車出門，載了一張椰子床墊回來，鋪在原本的床和房門之間。房間本來就不大，東西堆在地上，床墊一擺下去，連走路都變得困難。

「天都快亮了，你是跑到哪去搞到這個……？」椰子床墊被折疊起來，塞在貨架上長灰塵不知道多少年，一放到地上，攤開就平坦了。他茫然望著眼前的一切，懷疑眼前的前同事其實是魔術師。

每次大熊半夜起床上廁所，都要小心翼翼跨過躺在椰子床墊上喃喃著夢話的阿神。大熊人雖然大隻，用心起來，可以像隻貓沒有半點聲音。

「搞不懂你，為什麼不去當模特兒，」大熊在浴室裏面對著鏡子抹髮膠，再用手掌用力壓平：「如果我是你，馬上就去報名偶像劇的試鏡。」

他假裝沒聽見，自顧自埋頭讀他的小說。雖然他已經看了好幾百遍。

每次有人開始稱讚他的外表，他的臉就垮下來。

他從來不覺得自己長得好看，雖然幾乎每個認識他的人，都會這樣說。

「我是一名作家。」春望著自己剛剛在筆電螢幕上打出的一行字，只覺得臉熱熱的。

為什麼不能這樣自我介紹呢？她問自己。她從小到大唯一的夢想，就是成為一個作家、出版幾本書，能讓一些人讀到她的故事。

她是獨生女，自從有記憶以來，就學會了自己編故事哄自己睡覺。她不喜歡清醒之後的現實世界。在故事裏面，無論騎士還是女巫，都不會因為愛吃糖果而蛀牙。

從小到大，有人命令春張開嘴的時候，她就會乖乖閉上眼睛，耳邊響起溫柔的聲音：

「來，啊——」

「從來沒看過這麼乖的小孩子，妳是最棒的喔。」她眼裏帶著淚水，從大人手中接過她根本不想要的貼紙。

「這個時候要講什麼？」媽媽的手放上她的肩膀。

「謝謝醫生叔叔。」

「我是一個作家。我喜歡吃甜食，夢想是住進糖果屋，最好永遠不要醒來。」她猶豫了一下，又把後面的句子通通刪掉，改成：「我是一個作家。我最崇拜的小說家是厄內斯特・海明威。」

親愛的詹姆士·泰勒上校：

你好，很高興收到你的來信。

你可以叫我春。

關於我這個人，你只需要知道一件事：我是一個作家，我最崇拜的小說家是厄內斯特·海明威。

上校，請問你喜歡海明威的作品嗎？

如果你也是海明威的讀者，我想我們會有很多共同話題。

我的寫作生活相當寂寞，生活中沒有可以討論海明威的朋友。應該說，我在現實生活中沒有談得來的朋友。

所以，我必須認真的再強調一次：能認識你，真的太好了。

春

〇

春闔上筆電，舉起馬克杯靠近唇邊，才發現咖啡已經喝完了。她思索著是否要再點一杯，又想起來自己今天還沒有吃下任何東西。

她站起身，走到正在盯著手機的店員面前，指了指菜單上的「今日甜點」。

「很抱歉，我們今天沒有蛋糕了。只剩下餅乾。」綁著俐落馬尾的店員，一臉歉疚。她知道春向來都點蛋糕：「不過有很多種口味的餅乾，抹茶、燕麥和巧克力杏仁……」

馬尾店員說話的聲音真好聽，細細軟軟的。她想到曬過陽光的被單。她微微搖頭，轉身回到靠窗的位置。

自從第一次踏進這家名字古怪、生意又冷清的咖啡廳起，她總是直接走到最裏面的地方，拉開鐵椅坐下。咖啡店的正中央擺了一張木頭製的大工作桌，看起來寬敞又舒適，但她更喜歡坐在裏面的角落。從這個角度，她可以清楚看見所有走進來的人。他們不一定看得見她。

本來，應該是一個平凡又無聊的星期四下午，只是不知道為什麼擱淺在岸上，仍然還能呼吸的星期四下午。每個星期一、三和五的晚上，她都有固定的約會。星期四的晚上，她會去看醫生拿藥。有一次，她已經快走到診所門口，才發現比約定的時間早到了一個小時。她在附近漫無目的閒晃，發現平常不會走進去的巷子裏，有戶人家門前擺滿盆栽。

她走進城市中小小的森林，看到店門口掛著一塊木板，上頭是手寫的毛筆字：「凱瑟琳咖啡店」。

「字寫得很好看。」她想著，一邊推開門走進去。從此以後，她變成這家店唯一的常客。

她清楚知道，在這家生意清冷的咖啡店裏，她完全可以放心，不會遇到任何叫得出她名字的人。

她曾在捷運車廂開門的一瞬間，差點撞上迎面走出來的人。他們互看了一眼，她認出那是她前男友的室友。下一秒鐘，他們有默契地往同一邊移動，又差點撞在一起。

後來，那個男的到底有沒有硬著頭皮和她打招呼？如果有的話，他們又是如何結束對話的？這些細節，她完全想不起來。她只記得，後來一整天她都想死極了。

從那之後，她再也沒有走進那個捷運站。

只要有萬分之一的機率遇到認識的人，她都不願意賭。再後來，她徹底放棄所有形式的大眾運輸，只坐計程車。

大學畢業以後，她便不再主動和任何人聯繫。她有兩支手機號碼，一隻還是媽媽在她考上大學的時候幫她辦的，帳單和通聯紀錄直到現在仍寄回爸媽的家。另外一支號碼，只有她的男友們，和她唯一的好朋友小鹿擁有。

她抬起頭，望向窗外。她喜歡像現在這樣，沒有陽光也不會下雨的陰天。天空看起來布滿了雲，其實什麼東西都沒有。走在路上，不用擔心會踩到自己的影子，也不需要帶傘出門。

她始終相信，原本的自己，在二十一歲那一年就死了。在一個颱風來襲的晚上，她吞下了許多五顏六色的糖果。後來，它們就在她的體內住下，把她變成一座糖果屋。

有些時候，她仍偶爾偷偷期待有個什麼到來，讓她流下眼淚，讓她體內的糖果融化。

她今年二十七歲了。

○

妮娜疲倦地揀著咖啡豆。很久以前她就發現，每一顆咖啡豆都有自己的臉，而她的任務，就是把長得太醜的豆子淘汰掉。

她悄悄將那些不及格的豆子藏進圍裙口袋裏。端咖啡給客人的時候，她溫柔地提醒：「請小心，會燙。」，同時快速瞥了一眼客人的筆電螢幕畫面。

她看見黑色的自己，立刻往後退了一步，差點把托盤摔到地上。

妮娜最不喜歡的，就是自己的臉。只要是任何會反映出臉的東西，她都得小心繞得遠遠。一天中最難受的時刻，就是早上和睡前刷牙洗臉，還有每隔一段時間，不得不剪頭髮的時候。

「這一次，想剪怎麼樣的髮型呢？」髮型師的語調好輕快。這世界上大概沒有一個髮型師會想得到她正在受刑。他們看起來充滿自信，髮色前衛大膽。妮娜恨恨地望著前方鏡子中，拼命討好別人的自己。

狗。她最討厭的動物就是狗。「修髮尾就好。」她皺緊眉頭，講話突然變得大聲。她真希望髮型師可以幫她注射一劑強效麻醉針，睡個覺醒來，一切就結束了。

後來，她便學會了自己剪頭髮，她的手十分靈巧，用一把文具剪刀就可以修出層次。為了方便，她把頭髮留長紮起馬尾，只有進浴室的時候，才放頭髮。

她平時最喜歡研究美麗的女孩子如何自拍。她真的好想知道：那麼好看的角度，是怎麼抓到的？所謂的網美的一天，有四十八個小時在研究如何拍照嗎？

好看的人，都過著怎麼樣的生活，又是哪些人，心甘情願幫他們留下紀錄，從來不求入鏡？這些問題，反覆在妮娜腦袋中打轉，在她睡前、在她走路，在她洗澡的時候。

除了偶爾進來吹冷氣的老人家和臨時躲雨的中學生，這間咖啡店最常光臨的客人，是一個蒼白、細瘦的女孩子，留著一頭黑色長髮。她總套著過分寬鬆的長版洋裝，第一眼像個穿著大人舊衣服的小朋友。走近一點看，才會意識到她也是大人。

女孩子接過菜單的手腕白皙纖細，一條一條青筋幾乎浮現。妮娜彷彿可以聽見噗通噗通的聲音。

她看上去，像從屠宰場逃脫出來的小動物。大部分時候，她的氣色都很差，臉頰因為疲倦而浮腫；眼睛又圓又大，帶著嚴重的黑眼圈；她的皮膚和嘴唇都很乾燥，臉和脖子的顏色差了一截。

她長得並不難看，為什麼總一臉被世界辜負的表情？妮娜待在收銀機旁，隔著安全距離，默默觀察窗邊的女孩。

「我比妳有資格自卑。」妮娜在心底對她喊。

她也常會對其他人這樣說話，例如偶爾闖進這家店，在門口探頭探腦的那些年輕人。他們穿著色彩明亮的衣服，五官精緻，他們交頭接耳後離去。

妮娜對一件事深信不疑：只有她，是真正被看不起的人。在這個世界上，沒有人比她更有資格質疑為什麼被生下來。

妮娜努力要做個溫暖的人，對生活充滿熱情與決心：「歡迎光臨。」

她總是滿臉笑容，因為她相信如果自己不笑，就會有人笑她。

「要不要去唱歌？」大熊興致高昂的聲音從門外傳來。

「今天晚上？現在？」阿神正在浴室裏刷牙，一邊說話一邊吐出泡沫。

「對啊，我前幾天就問過你了。貴人多忘事。」

「唔……」阿神用手接水。大熊的漱口杯就放在洗手檯旁，兩支顏色和款式一模一樣的牙刷，擺在一起並不會搞混。大熊刷牙時，總是過分用力，牙刷的毛都岔開了。提醒了，他也不聽。

「我才不要當分母。」阿神用濕毛巾擦臉。

「什麼分母？女生都是因為你才去的吧……」大熊忍不住開始抱怨：「你還記得那個我以前暗戀過的女生，斑斑？她自從上次烤肉過後，一天到晚問我，為什麼你都不回她訊息……媽的，臭三八……」

「啊？」阿神拿著毛巾走出浴室，額頭上都是亮晶晶的水珠：「你剛剛說什麼？我沒聽清楚。」

「沒事啦——」大熊低頭繼續滑手機。阿神擦乾頭髮，小心翼翼的打開房門：「嘿，可以進來了。」

「生日快樂……」表情僵硬的斑斑，捧著一個插了蠟燭的奶油蛋糕走進來。

「咦？」大熊抬起頭，望著斑斑像看到鬼一樣驚嚇，過了好幾秒鐘，才稍微反應過來。

「給你的生日禮物！」阿神趕緊把斑斑往大熊的方向推。

「你小力一點啦！蛋糕掉到地上怎麼辦？」斑斑轉身瞪阿神，眼裏都是怒氣。

阿神坐到大熊身旁，用手肘輕輕推他。大熊只是滿臉通紅盯著地上，一句話也沒有說。

從沒見過他這麼開心的樣子，真是太好了。阿神心想。

「今天看起來，氣色比平常好一些喔。心情怎麼樣——呃……」醫生忍不住打了一個大大的呵欠，還好戴著口罩就不用特地摀嘴。

戴著金色方框眼鏡、長相和善的醫生，從來不避諱在病患面前露出倦容。反正，這已經是他今天倒數第二位患者了，也是很熟的人。他右手握著原子筆輕敲桌面，是他從學生時期養成的習慣。

「還算……可以吧。」春的手指在腿上遊走，找不到口袋躲進去。「……最近比較好睡，也可以吃到兩餐了……」

「那真是太好了。生活上有什麼改變嗎？」醫生停止敲筆的動作，俯身靠近她一些。他們已經很有默契，而且今天的春看起來狀態不差。

「算有吧。我認識了一個外國人。」

「外國人？」醫生揚起眉毛。

「他說他是美軍的上校，叫做詹姆士．泰勒，在聯合國的阿富汗維和部隊裏面擔任軍醫的職務。他突然寄了一封信來，說要和我做朋友……」

「和妳做『朋友』？」醫生將椅子往前拉，眼睛發亮。

「對啊。就是『朋友』。」她別開眼神，說話的音量越來越小：「醫生，我這樣做，實在有點無聊，你應該這樣想吧。不過，我只是希望有人可以跟我講講話……」

醫生雙手托腮。此刻，他正坐在女孩的對面聽她講話，而女孩連眼神也不願意和他相對。和他朝夕相處的這些患者，向來只有話太多和過分安靜兩種。一直以來，女孩都被他歸類為後者。

「……我向他介紹自己，我說我是一個作家，想和他討論海明威的小說。」

「喔，妳讀海明威的作品嗎？我年輕的時候，是有看過一些……」醫生的眼珠轉來轉去。

她聳聳肩，不置可否。今天的問診特別久，以後不要再試圖和醫生說真話了，她想。

她快速瞄了一下牆壁上的時鐘，八點四十八分。

她可以想像醫生已經迫不及待脫下白袍拉掉口罩。有一次，隔著速食店的落地窗，她看見醫生獨自一人在喝可樂，桌上堆了好幾個擠扁的番茄醬包。

她猶豫著是否至少向他點個頭，但醫生只是疲憊地咀嚼著金黃色的薯條，他一次抓起四根塞進嘴裏。

「說起來，海明威到底寫過哪些小說？嗯……《老人與海》？《黑暗之心》？」醫生重新拿起原子筆輕敲桌面，他不是真的在問任何人。

「妳首先要相信我，好嗎。」

「放心，有任何事情都可以告訴我。」

「我在聽。」

「有一天妳會好起來的，妳要相信自己。」

春看著自己交疊在腿上的手，突然想到一件事情：人類雙手交握的方式，代表他們用不同邊的大腦進行思考。

一邊是理性，一邊是感性的。

不知道醫生屬於哪一種類型？

「總之，妳能有重心真是太好了，工作、戀愛、家人……外國人……其實我們不用去管那是什麼。」自言自語一段時間後，醫生放棄了關於海明威的思考，回到平常的模式：「我說過的，妳自己也要記好。只要有一個明確的目標在，生活的秩序就能跟著重建起來。」

她跟著點頭，一邊在心中默默咀嚼這五個字：生活的秩序。

「那麼，看來這次就先不用幫妳換藥了。老樣子，一個星期過後再回來看診。好嗎？」

「好啊。謝謝醫生。」她擠出一個虛弱的笑容。這已經是她今晚能夠給出的全部了。

回到住處，她將膠囊和藥錠從白色的袋子裏全數倒出來，小心翼翼裝進一個透明的玻璃糖果罐裏面。這個罐子，是小鹿從巴黎帶回來給她的紀念品。

「二次世界大戰之前的東西。我在古物市集找了一個下午。」小鹿把一層又一層的報紙拆開。

「妳怎麼確定……是二次世界大戰之前的東西？」她笑著問。她實在看不出來，眼前的骨董和大賣場貨架上整排大特價的收納罐有任何不同。

「戴著麂皮報童帽的老闆告訴我的。」小鹿解釋：「戴著那種帽子的老人，不會說謊。」

說起來，醫生也算是除了小鹿之外，她為數極少保持碰面的熟人。他是她當年嘗試自殺時的主治醫師。後來，他離開了醫院，開了一間自己的診所，她也就持續每隔一段時間去見他一面，就這樣持續了好幾年。

「我相信妳，妳也要相信自己。」醫生打著呵欠說。

同一句話，就這樣說了好幾年。

二十一歲那年，她和初戀的男友分手。那一晚，她穿上米白色的紗裙，坐在地上，把別人為她準備好的安眠藥、抗憂鬱劑、鎮定劑，和一些她也不知道用途的膠囊，一把一把塞進喉嚨。

她親眼看見那些色彩繽紛的膠囊，從她的口中滑出來。她趕緊用手接住，再推回自己嘴裏。

她反覆同樣的動作許多次，直到手腳也無法使力。她無法停止嘔吐，無可救藥地弄髒那件白色的紗裙。

「那晚的妳，看起來就像日本綜藝節目裏，那些嬌小得不得了，卻可以一口氣吃掉整條牛的大胃王比賽參賽者……」後來，小鹿不只一次拿這句話出來逗她笑。

她還記得，後來好幾個人七手八腳把她扛上擔架，送到醫院去洗胃。醒來的時候，她的第一個念頭是床好硬、好難躺。她的十隻腳趾頭，全露在薄被外面了。

要被吃掉了。春想張口呼救，希望有誰快點過來，替她把被子蓋好一點。她小的時候，常常踢被子。「怪物會把小孩子露在棉被外面的手腳吃掉。」媽媽一邊嘆氣，一邊替她把被子蓋好：「聽到了沒有？」

她緊閉著嘴巴，決定裝睡。

在白色的屋子裏，她努力想要張開嘴，試圖發出聲音，才發現有條堅硬冰冷的管子，插進她的喉嚨裏。

「好痛。」她越是努力要把這兩個字說得清楚一點，管子就越往身體的深處鑽。

「怕痛還亂搞。誰叫要妳傷害自己？」一個穿著粉紅色連身裙裝的中年女人急急走過來，替她換點滴瓶。女人戴著和衣服一樣的粉紅色口罩，她的眉毛畫得又深又粗。

粗眉毛女人忙進忙出，口中不斷喃喃自語。她嘆氣的時候，眉毛會變成一個「八」。

「……的腳……」她好不容易發出自己也聽得懂的音。

「啊？」粗眉毛女人彎下身子，將從帽子裏滑出來的髮絲，撥到耳朵後面。

她聞到粉紅色包裝的身體散發出酸酸的味道，想起小時候曾吃過一種非常甜的金色糖果，中間包著一顆小小的梅子。

「妳剛剛講什麼？」女人問。

「幫我把被子蓋好。我媽媽看到會生氣的。」

那是她第一次嘗試對抗這個世界，也是最後一次。

此刻，她雙手托著腮，不知道到底該不該把這些昨天，寫進給詹姆士上校的信件裏。

「看鏡頭。」毫無起伏的命令語氣。

「好，往上。」

妮娜聽從指令仰頭。

「往下看，頭再低一點。嗯——很好。」

她望著自己的雙腳。她今天穿了一雙白色便鞋來，在路上差點踩到汙水。

「右轉九十度，呃，轉回來一點……好，可以了。」助理放下單眼相機。妮娜這才鬆一口氣。要她正襟危坐的拍照，她寧可摀著臉全身赤裸上街。

「唔……」醫生從助理手中接過相機，一邊把記憶卡取出來，一邊認真打量妮娜的臉，為難地皺起眉：「老實說，我這邊能幫妳的，恐怕不多。」

醫生說這句話時，距離妮娜很近，她沒有聽錯的可能。

醫生是名人，本人比電視上看起來更瘦。原來，螢幕上的人看起來會比較胖這件事情是真的。醫生的皮膚保養得很好，五十幾歲的人容光煥發，戴著在大學生間流行的復古圓框眼鏡，看起來像老照片裏的人。她有點想笑，又注意到醫生的鬢角有兩、三根白頭髮，是沒染好嗎？

助理在一旁操作著滑鼠。一瞬間，她的臉出現在大大的電腦螢幕上。她馬上倒抽一口氣，頭皮發麻。

單眼皮和下垂的眼尾，扁塌的鼻子往下是厚厚的嘴唇。那是她所深愛的，爸爸的臉。

她完全遺傳了她最愛的人的一切，包括下擺總是往外亂翹的頭髮和圓短的手指。而她此刻正在試圖把爸爸從自己身上分離出去。她沒有想過自己有一天會長成如此殘忍的人。

一隻發著光的大蟲攀在客廳的紗窗上，緩緩吐出幾顆翠綠的寶石。牠們圓滾滾的樣子好可愛，她忍不住伸出手要摸。「這個要用火燒。」媽媽看到了，立刻上前打掉她的手，大聲叫爸爸去拿打火機過來。

她聽見廚房裏傳來轉開瓦斯爐的聲音。小小年紀的她只覺得困惑。對面雜貨店跟她念同一所學校的男孩子，養了一隻獨角仙，天天抱著昆蟲箱跑來跑去大叫，好像在遛狗一樣開心。

為什麼生蛋在紗窗上的大蟲媽媽，就要連著孩子們，整個家族被趕盡殺絕呢？點火的當下，媽媽一定也會難過的吧。

她忍住眼淚，跑向爸爸。最疼她的爸爸——所有親戚和鄰居公認「憨厚又老實」的爸爸，就會和平常一樣，彎下身子伸出手臂。她從很小的時候就知道了：傷心的時候要去找爸爸。

只有爸爸，從不介意身上的衣服沾到她的鼻涕和眼淚。

在妮娜心中，爸爸知道所有的事。

「謝謝您的光臨。」幾尊精緻的洋娃娃，對正要離開的妮娜露出潔白的牙齒，接著繼續壓低聲音交談，其中有誰突然掩著嘴笑出聲：「少來……」她們用手肘互相推擠彼此，她們之間的友誼閃閃發亮。

好看的人，擁有真正的力量。至少，在妮娜的世界是這樣子的。

許多人誇獎阿神長得好看。他有深邃的眼窩，又高又挺的鼻子，薄薄的嘴唇。上大學以後，他把戴了好多年的深度近視眼鏡拿掉，在路上被自稱是模特兒經紀公司的人攔下過幾次。

阿神最不喜歡別人提到他的長相。他睜大雙眼，專注地憎恨鏡子裏那張天真無邪的娃娃臉。

白裏透紅的皮膚、纖長脖子和分明的鎖骨。他努力嘗試吃壯和曬黑，就是無法達到自己的理想標準。他一直相信男人要長得粗獷，才能給其他人可靠的感覺。他最羨慕能留出鬍子的人，尤其是絡腮鬍，使人看起來神祕而成熟。

他對著鏡子摸自己的臉，只覺得徒勞無功。已經一個多月沒刮鬍子了，還要等多久，才能更接近「男人」一點？

白色磁磚上停著一隻蚊子，一動也不動的，像是死了。「喂。起床。」阿神對著牆壁說話，蚊子沒有反應。

「嘿。」他拍了一下牆壁，蚊子飛走了。

人生就是等待、等待再等待。他想起小學課表上的「英語英語」、「美勞美勞」。

等到下課鈴響，也不一定能搶到鞦韆。

又想到他也曾經是一個品學兼優的好孩子。全校模範生選舉的結果掛得好高：他跟著其他同學一起踮腳尖。「請客！」全班的人起鬨著推他，把他舉起來。

鏡子裏的阿神微笑。

「你是在裏面打手槍嗎？」大熊猛拍廁所的門：「我肚子好痛——」

○

春不喜歡自己的長相。

她從不知道，自己的臉在別人眼中是什麼樣子，也沒有興趣知道。但她總覺得，她一定可以再好看一些。

越是蒼白，顴骨上的斑點就越明顯，圓眼睛底下掛著深深的黑眼圈。小鹿常說她越長越像某種兔子，她一直記不清楚名字。「再戴上兔耳朵和尾巴就完美了。」小鹿教她化妝，遮去臉上的瑕疵。

化妝的技巧不太好，也經常忘記卸妝就躺上床。她懷疑自己有時候看起來像十四歲，有時候像四十歲。

「妳如果認真打扮，一定很好看。」大學時的男朋友，送給她口紅、香水和紗裙。

她的體重一直停留在青春期。她經常貧血，不喜歡輕易蹲下。每一次仰望男友，她相信他們是死神，居高臨下對著她微笑。

「繼續。」男友會輕輕拉她的頭髮，把她從昏沉中喚醒。

也有人說過，她第一眼看起來就是個學生，再靠近點就不行了。她疲倦的眼神已經透露太多挫折，那不是十幾歲的人會有的困頓。

她也有幾次在路上被搭訕的經驗。有人冷不防靠近，支支吾吾地向她要聯絡方式或是直接遞上名片，通常是年紀比較大的男人。她不直接拒絕，接過名片又小跑步離開現場。

她怕人。這世界上能夠讓她喜歡的人很少，其中最喜歡的，就是小鹿。

小鹿總是羨慕她吃不胖。「如果我是妳，每天晚上都要吃鹹酥雞、喝手搖飲料。」事實上小鹿比她高一個頭，腰圍差不多。「全糖去冰。」小鹿又說。

「妳很可愛。妳真的很可愛。」春的初戀男朋友，在第一次與她發生關係之前，常常望著她望到出神：「我擁有全世界最可愛的女朋友。」

大學校園裏，有一座很大的湖。學長約她在湖畔碰面，手中握著石頭。

「三個，我打起三個水漂，我們就結婚。」

「結婚？什麼時候？」她無法想像自己穿著婚紗的樣子。

「等我畢業。」學長說。一顆石頭打中「禁止游泳」的告示牌，旁邊的鴿子紛紛飛起。

「妳是怎麼啦？沒睡飽，」餐桌上，媽媽皺著眉頭打量她：「又不吃飯。到底怎麼回事？」

「妳好美。妳真的好性感。」不同的男人緊緊抱住她時，常常說出一模一樣的話。

○

親愛的春：

對於我遲到的回應，我很抱歉。

你知道的，我在軍隊工作很忙。

我是一名上校，在危險的阿富汗執行任務。

我很高興你願意成為我的朋友，女孩。

厄內斯特・海明威是偉大的作家，我讀過不少他的故事。可是現在我更想知道，關於你的一切。

年輕的作家，你幾歲？

結婚了，還是單身？

你有孩子嗎？

你有照片嗎？

期待你的回覆

你親愛的詹姆士上校

除了信件，詹姆士上校也附上了一張「新的照片」。

螢幕上的金髮大叔，蹲在草地旁，戴著好萊塢明星架勢的太陽眼鏡，雙臂環抱一隻看起來正準備向鏡頭衝的黃金獵犬——與其說抱，更像是壓制著狗。

他身後的草地翠綠寬廣，就是電影裏會出現的加州人的庭院。刺眼的陽光，逼他不得不時刻戴著時髦的太陽眼鏡。

詹姆士．泰勒上校今年五十四歲。我可以當他的女兒。春想。

她想起容易緊張而沉默寡言的父親，或許，也曾在某個夜深人靜的時刻，趁著全家人都熄燈入睡的時候，坐在馬桶上用手機慢慢打字，寄神祕的訊息給某個未曾謀面的異國女孩。

謝謝妳，願意加我為好友。我很高興……

那個女孩，一定住在她想都想不到的地方。

她根本沒有上校想看的自拍照，她向來不喜歡拍照。她心虛地點開手機的影像資料夾，裏面只有她的身體，每一張都看不到臉。

她注視線條分明的軀體，在小小的螢幕裏抬高屁股。這是她第一次，對一切介意起來。

她捏了捏自己的鼻子，想睡覺了。她索性把手機關機。今天是星期四，她這一天通常沒有約會。

她要用整個下午的時間，回信給重要的人。

○

親愛的詹姆士上校：

你好，我今年二十七歲，即將活過傳說中偉大的人會死去的年紀。

但我不是搖滾樂手，我是一個作家。

一個喜歡讀海明威的作家。

我仍單身，並且沒有孩子。

我想我這輩子都不會結婚，也不會有孩子。

關於我的臉，恐怕讓你失望了。

我不喜歡自己的長相，所以很少拍照。

這是事實。

如果我們在未來的某一天能夠相見，希望你不會在見到了真正的我之後，轉身就走。

期待你的回覆

春

「瘋了嗎妳——」小鹿大笑。

「我本來就不正常。」春微笑。

只有在小鹿房間的時候，她才有可能完全放鬆。她讓腳打得很開，陷進酒紅色的懶骨頭中。

「妳不可能騙得到他的，」小鹿打開冰箱，拿出一瓶氣泡水遞給她：「我認識妳。」

「反正我有很多時間。」她伸手接過瓶子，扭開瓶蓋的瞬間，血色泡泡咕嚕咕嚕往上冒，一下就消失在空氣中。小鹿氣惱地搖一搖製冰盒：「怎麼還沒好？我兩個鐘頭之前就放進去了。」

在春的眼中，小鹿是那種三更半夜獨自在家，也毫無破綻的角色。及腰的長直髮，用一根竹筷盤起來。她穿著一件黑色的削肩背心，質感細緻。她甚至擁有一台自己的縫紉機。

小鹿的存在，就和她精心維護的房間一樣。從大學租到現在的小房間，裏面的抱枕、吊燈和掛布，都是外面的世界不會有的。

春不說話了。她看著小鹿在房間裏走來走去，掛念著還沒成形的冰塊。她想起第一次走進這間房間的時刻。

那一年，她二十一歲，被初戀男友劈腿。她等著人在遠方的男友打開視訊鏡頭，望著一片漆黑的螢幕出神，忘了喝水，也沒有起身去上廁所。

那天晚上有颱風來襲，陳舊的綠色木頭窗戶斷斷續續發出哭聲。她當下只希望窗戶可以安靜一點，她才能聽清楚男朋友和另一個陌生女人的對話。

她試著把音量調到最大，她多希望他們再激動些。

還是個孩子的時候，她滿懷期待地按照課本上的說明，用膠帶把一條棉線分別黏在兩個紙杯的底部。「喂喂，請問找哪一位？」她把其中一個杯子舉到耳邊，大聲說話。

沒有任何回應。

她望著窗外的光線由亮變暗，她不懂太陽下山以後，躲到哪去了。

我只是真的好想知道，一個人，究竟該如何跟另一個人說到話？

她想著這個問題，不知不覺趴在電腦前面睡著了。

等她好不容易再醒來時，只覺得頭痛欲裂。她發現嘴角都是口水，趕緊用手抹抹臉，再度確認通訊軟體中，沒有任何新的訊息。

她猶豫了一下，是否該把男友從聯絡人中刪除，但她只是把通訊軟體關掉，然後在網路上發了一則訊息：

我不知道活著的意義。我已經不知道了，或是我不曾知道過。

如果你知道，請告訴我。

按下「送出」鍵，她重新趴回桌上。小學的時候，老師要小孩午睡。她一直相信睡午覺是最沉重的體罰。胃裏塞滿油膩膩的營養午餐，還必須將臉埋在雙臂間，保持不動的姿勢。

好熱。真的好熱。

在無數漫長的午休時間，她只是趴著，等待時間經過她。

她的身體是一顆氣球，有一隻嘴不斷對著她呵氣，把她從女孩吹成一個女人。

「妳已經成年了。」媽媽說。

「我們花在妳身上的教育費……」爸爸說。

如果她早就是一個完整的大人，為何另一個人只是走開，就讓她連身體都不聽使喚？

那個颱風夜，房間的木頭窗戶哭個不停，她則進入了她的颱風眼，沒有風也沒有雨水。

直到有人丟了一句話過來：「我知道妳想知道的事。」

她循著那個人給的地址，搭計程車過去。

出門前，她第一次穿上男友出國前送給她的紗裙，還在手腕上噴了香水。直到多年後，她仍不明白當時自己那樣做的用意。

「我是小鹿。」一頭黑長捲髮的高個女孩，站在約定好的便利商店門口，一派輕鬆和她打招呼：「光聞味道，就知道是妳來了。」

她微微點頭，沒有說自己是第一次擦香水。她從來沒想過自己聞起來會是什麼味道。

「上去吧。」小鹿親暱地拉著春的衣角，解釋自己租的房間就在便利商店樓上。

她在樓梯口停下腳步，睜大眼睛望著小鹿身後的階梯，通往一扇透出光的門。

「我要自殺。妳說過了會幫我的。」

小鹿像沒聽到一樣，自顧自往上走。

○

結束了在凱瑟琳咖啡店的工作，妮娜走路到附近的小吃店，隨便拉張椅子坐下。「紅油抄手一碗，內用。」

今天，那個兔子女孩並沒有來。妮娜又滑了一整個下午的手機。

電視上正播放著跨國愛情詐騙案的新聞。妮娜坐在背對螢幕的位置，從麵碗中抬起頭，正對上面前所有人的眼睛。他們眼裏都是笑意。

「好好笑。」、「超誇張。」他們都忙著講話，忘了專心吃飯。

你們都是健康幸福的人，從來沒有經歷真正的寂寞。妮娜想。真正的寂寞，是連看到桌上的醬油膏，都會覺得自己做錯事情。

她順手拿起一個白醋罐，握到都變形了，一滴也倒不出來。

她抽起兩張面紙。這家店的餐點調味料放得太多，讓她流出鼻涕。

自從在前一段戀情中，發現男友的祕密之後，她就沒有再掉過任何一滴眼淚了。

「我長得醜，所以你還是比較喜歡她。」她的聲音不是自己的。

「……不是。」男人猶豫了。她聽見男人聲音中的猶豫，沒有聽見後面的字。

「那為什麼你們分手，還要偷看她的照片？」

「我從來沒有說過妳長得不好看。」男人突然大聲起來。

「你覺得我醜。你覺得前女友比較漂亮。」她咬著下唇，喉嚨很乾。

「我從沒有這樣想。」

「那你，你為什麼要一直看她的照片？」

「……」

男人精緻的臉，因為難過，更好看了。妮娜突然感覺頭重腳輕，跟第一次見到男人一樣。這也是戀愛嗎？

「那為什麼，你手機中一張我的照片都沒有？」

「……那是因為妳說過，妳不喜歡照相……」男人囁嚅。

她的臉越來越熱。她只希望誰趕快來結束這一切。來場七級大地震，或是警察破門。

「不要動。」特種部隊成員衝進他們的房間，要妮娜和男人高舉雙手。他們先是被搜身，然後被緊緊壓住。他們只能交換眼神，看著警察翻箱倒櫃，把他們的回憶攤在地上。

她在男友面前拿出手機，緩緩按下1、1、0三個數字。

斗大的「110」在螢幕上閃爍，像一串開啟銀行金庫的神聖密碼。

男人坐在地上，眼睛望著她，但他不是真的在看任何東西。他坐在地上沉默的樣子，真的很好看。

我的男朋友長得真好看。她抽起一張紙巾擦嘴，露出虛榮的笑。

○

「你有看到我的小說嗎？」阿神問。

「什麼小說？」大熊專心在打電動，根本心不在焉。

「喔，就是我一直放在枕頭旁邊那本……」阿神的行李極少，當初被女朋友掃地出門，匆忙間，只帶走兩件衣服。

「怎麼樣，現在是逃難嗎？」睡眼惺忪的大熊替阿神開門，不忘開玩笑。

阿神只是聳聳肩。他連毛巾和牙刷都沒帶出來。

本來想回到之前的便利商店繼續工作，阿神顧忌再遇見前女友，他們兩人就是在那家店認識對方。只好拜託大熊，幫忙打聽短期的工作機會。

日子就這樣一天一天過去。帳戶裏的數字一直變少，那是阿神無法迴避的真實。

確定大熊入睡之後，阿神悄悄坐起身來，穿好衣服出門。

他清楚知道附近所有公共電話亭的位置。不是便利商店外面的公用電話，而是有門可以推開，側身進去躲雨的那一種。

他拉上電話亭的門，從口袋中拿出零錢，反覆數來數去。從沒想過，跟家裏開口要生活費，該拿出幾枚硬幣。

從小到大，數學經常考一百分的他，此刻一個人站在電話亭裏，注意到自己穿著塑膠拖鞋。

又把室內的鞋子穿出來了，要記得買一雙新的回去才行。他想。

他還是個孩子的時候，電視新聞上，經常播放綁架撕票案的訊息。老師在課堂上不斷提醒大家：下課後絕對不可以跟著陌生人走。

他清楚記得媽媽焦慮扯著自己頭髮的模樣：「我跟你爸爸說了好多次，要幫你直接找固定的司機接送，你爸爸在那邊念我大驚小怪。好，現在家裏的事他也不管了……」

綁架。如果等一下接起電話的人是媽媽，他會壓低聲音：「你的寶貝兒子，現在人在我們手上……廢話少說，把三十萬現金放在電話亭裏。三十萬，不能連號，用報紙包好，否則就等著收屍……」

300000。500000。阿神用手指在玻璃上畫畫，反覆塗改他的價碼。三十萬會不會有點過分？只要五萬，應該就足夠支撐他好一段時間，可以放心地找打工了吧？

他終於把好幾個零全部抹掉，拿起話筒，按下幾個數字。

「您好。」電話那端，溫柔的女聲回應。

「……媽媽。」他吞了吞口水，艱難地吐出兩個字。

「喂。生命線您好？」

阿神把電話掛掉。

親愛的春：

女孩，你這樣喜歡厄內斯特・海明威，我實在好奇。

海明威當然是偉大的小說家，你問每一個美國人，都會得到同樣答案。

我訝異你，這樣一位亞洲女孩，為什麼認為他的故事好看。

在我看來，海明威是美國的作家，但不屬於世界。

你可曾聽過「失落的一代」？

海明威的創作必須靠這個概念理解。

女孩，請問你住在香港、馬來西亞？新加坡？

我進入軍隊前，曾經前往亞洲旅行，但那真是非常久以前的事了。

我所記得的就只有熱天氣，擁擠交通和辣味道食物。

人類脆弱，身體和心靈都是如此，所以我想要和你建立連結。

我要告訴你更多我的事：

我有一個哥哥和一個妹妹，我們本來住在北卡羅萊納。

我哥哥大學畢業後，一直待在堪薩斯州工作，作為工程師。

我妹妹在多明尼加的無政府組織。

過去偶爾我們用視訊會見彼此，但自從我到阿富汗後，沒有再見到家人的臉。
喀布爾的網際網路糟透了，你可以想像。
我感謝你答應交流與我。
你有一顆善良的心，願意相信陌生人。

女孩，身為一個小說家，你寫過什麼樣的故事？
我很好奇，你的一生與厄內斯特的關聯？
既然你如此喜歡這位勇敢男人。

期待你的回應

你親愛的詹姆士上校

「這位同學，可不可以請妳解釋一下，什麼是『失落的一代』？」綽號海綿寶寶的教授，用筆敲敲白板。所有人回頭，看向坐在教室最後一排的春。

她望向左邊，又轉向右邊，同學都轉開眼睛，全神貫注在手上的教科書。她不懂一本書為何要做成磚頭，書不應該是武器。

「同學？」

「唔。」她試著翻開攤在桌上的課本，每一頁都是空白的。

「請問一下，妳知道這一堂課叫什麼名字嗎？」教授瞇起眼，聲音變得輕。

「文學理論……」春的臉發燙。她聽到自己的聲音很沙啞，大家一定發現了，她今天自從起床以後，還沒開口講過一句話。

「糟糕，妳走錯了。我們這間教室，上的是高等微積分。」滿臉痘疤的教授，一本正經地講笑話。他擅長面無表情的逗弄人，在學生間受到歡迎。講課好玩的冷面笑匠，對學生給分慷慨，傳說中從不當人。大家都叫他海綿寶寶，只因為他的方臉和痘疤，他也欣然接受。

在一片笑聲中，她左顧右盼，尋找通往地下的小洞。教室和醫院都是白色的，為什麼？

在學校裏，一群人擠在一個小小的長方形裏面，為了要讓自己以後和其他人不一樣；在醫院裏，一群人擠在一個小小的長方形裏面，希望自己有機會與其他人一樣。

她緩緩閉起眼睛，深呼吸。這是她的魔法練習時間。等她再睜開眼時，她已經坐在巨大的熱氣球上，緩緩升空，離老師和同學們越來越遠。

再見了。我不會想念你們。春從口袋中掏出白色手帕，對著底下的師生揮舞。武器太重，帶不上熱氣球。那本書就送給你們。

學期結束前夕，春收到海綿寶寶的電子郵件：

> 很遺憾，但我正在考慮給妳五十九分。
>
> 明天是假日，不過我會在研究室。有空的話，過來談談。

交往不久的學長男友，拿到名校的獎學金出國念書了。大部分時候，她一個人待在他們合租的小房間，過著日夜顛倒的生活。她想在學長回來前，試著寫點什麼東西出來。

這是妳自己的選擇，妳自己不要的。假設用功讀書的學長知道她被當掉，一定會生氣。

買得到霰彈槍就好了。這麼熱的天氣。她在前往研究大樓的路上，認真思考該如何把一支槍藏在身上，不被其他人發現。

不，應該要帶隻貓過去研究室。人類太容易把注意力集中在粉紅色的肉球上，忽略凶險的爪子和銳利的犬齒。

她站在海綿寶寶的研究室門外，一直沒有敲門。她一個人靜靜地站在那裏，看自己的影子變短又變長，在天暗下來時，徹底消失。

○

親愛的詹姆士上校：

首先，我得感謝你，如此用心地回覆我。

讀了你的信件後，只讓我覺得人類，比想像中的更為脆弱。

我沒想過，像你這樣年紀的人也是如此。

老實說，我不曾思考過你說的那些事情。

為什麼海明威是一個「美國的」作家——我很想知道，是什麼原因讓你這樣想的？

一個偉大的作家——應該說，一個偉大的故事，難道不該是屬於所有人的嗎？

上校，我接下來要說的事，可能會讓你失望：

我對於「國家」這一類的字眼，並沒有什麼強烈的感覺。

比起「我們」、「大家」這種詞，我只在乎一個好的故事，能把我帶到多遠的地方。

就像海明威隨時可以把我帶到哈瓦那、巴黎或巴斯克，那些我從來沒有去過的城市。

就像現在，你的訊息對我而言，不只代表你的存在，還有你那裏的雨水、陽光和其他人交談的聲音。空氣中有血水的味道，我猜。

你的故事，能夠把我帶上你的戰場。

請你告訴我更多關於戰爭的事，但不要提到國家。

期待你的回覆

春

「最近怎麼樣？」醫生俯身向前。妮娜覺得今天醫生的臉看起來和平時有些不一樣，又說不上來。

「還算可以吧。」她的右手在外套口袋裏摸索，摸到一顆硬硬的東西。

她注視掌心，是一顆發霉的咖啡豆。

「催吐的情況，最近有改善嗎？」

「這個星期都沒有催吐。」妮娜乖順地回答。她說的是實話，沒有說她最近習慣用瀉藥，讓自己的肚子隨時處於翻攪狀態。坐在馬桶上的時候，也可以滑手機。

「唔。我為妳感到驕傲……」醫生忍不住打了個呵欠，她聞到醫生的口臭。

「……那麼，下一階段，我們要試著去找尋其他重心：工作、戀愛、家庭、運動。其實我們不用去管那是什麼……」

她看見醫生眼角閃著淚水，突然發現醫生的魚尾紋和眼袋不見了。

走出診間，藥劑師將白色的袋子遞到妮娜手上，像老師對著小朋友點名：「這個要三餐飯後吃、這個睡前一顆半。這個，有比較急迫壓力的時候吃……」

「那個、醫生看起來……好像變年輕了？」她盡量裝作不在乎。

「啊。」藥劑師立刻用食指貼著嘴唇，對她眨了眨眼。

妮娜背著包包離開診所。她走到人行道上，拿出剛才藥劑師塞給她的名片。「記得找院長喔，我也是給院長做的。」藥劑師吐著舌頭。

有那麼一瞬，雖然只是一下下，她和一個男人一起在鏡子前刷牙。她發現男人看上去比她年紀小——這樣不行。妮娜許願，希望地球上所有的鏡子同時爆炸。

「老」與「醜」是不是同一個字？她在三姊妹中排行最小，但去過她家玩的同學都說：「還以為妳是老大。」

更多人說：「妳媽跟妳長得完全不像。」

搬離家以後，妮娜小心翼翼和她們保持距離。她不曾同意任何來自媽媽和姊姊們的交友邀請，但她們發到網路上的每一張照片，她都下載到手機裏存著。

二姊如願當上了她夢想已久的空服員，穿上曲線貼身的制服，摟著興高采烈的媽媽和大姊。媽媽一定很高興終於可以常常出國玩，在座位上按服務鈴，故意叫親生女兒過來：「跟妳開玩笑的啦。」她們忍著笑相視。

那些照片底下的留言總是熱烈：「好漂亮。」、「好優秀的基因啊。」、「一家人就像模子印出來一樣。」

妮娜從口袋裏拿出咖啡豆，往地上一丟，加快腳步，往凱瑟琳咖啡店的方向走去。

她是看店裏沒有半個人，距離平常兔子女孩出現的時間也還早，默默鎖上了店門，偷偷跑去看醫生拿藥的。

接近咖啡店的時候，她一眼就看到兔子女孩提著包包站在店門口，倒像是在顧店。

「不好意思。」妮娜匆匆忙忙跑向她。那一刻，雖然只有不到一秒鐘的時間，妮娜好像知道了，自己為什麼來到這個世界上。

○

眼前所見是一望無際的沙漠。阿神知道自己的腳下藏了很多地雷。正因如此，他要趕快找到失蹤的地圖。

視線範圍中，一個人影都沒有，卻不時傳出爆炸聲。阿神一點都不在意是哪個倒楣鬼又引爆了地雷，一心只想趕快完成任務。

「沒時間了，有人還在等著我回去。」他對自己說。

一個小小的黑影竄過眼前。戰場上怎麼會有貓？他正想揉眼睛，才發現手裏握著一顆手榴彈。

「唉。」大熊放下遊戲手把，轉頭看向阿神：「又作惡夢了。」

「你玩遊戲為什麼不戴耳機？吵死了！」阿神坐起身，只覺得天旋地轉：「害我夢到我在打仗。」

「哈——」大熊遞給阿神一個馬克杯，裏面裝著冰水：「我等一下要出去。」

「去哪？你今天不是休假？」阿神瞄了一眼手機，上面顯示「22:38」。

「呃……」

「妹子？」阿神還有點昏，花了比平常長的時間才反應過來：「喔……真有你的。」

「嘿嘿。」大熊平常說話很機靈，真正開心的時候，反而詞窮。

目送大熊哼著歌出門，阿神的臉繃得很緊。他討厭沒有辦法真心恭喜朋友的自己，只因為今晚他不想獨處。

如果再睡著的話，又會回到那個布滿地雷的沙漠。

他索性往後一仰躺成大字形，手腳超出了大熊買給他的椰子床墊。他感覺到磁磚地板比他更冷。躺了半個小時後，他決定不要一個人承受這些事。

我累了，今天晚上是最後一次。他對自己說。他把通訊錄裏所有頭像都滑過一遍，最後對著斑斑的臉按下「解除封鎖」。

「幹嘛？」響了好幾聲後，對方才接起來。聲音顯然在賭氣。

「嗨。妳現在人在哪？」要對人親切的時候，可以十分親切。這一點，現在的阿神還做得到。

◌

親愛的春：

甜心，請原諒我——提到讓你覺得無聊的事。

忘了該死的國家，國家是統治者欺騙人民的神話。

羞恥，有一個天殺的例子：世界上曾有過一位總統，宣稱要讓他的國家更偉大。

想到他，我感到羞恥。

白皮膚，有色是邪惡。

抱歉，我想這個話題不適合現在。

海明威也不喜歡他的祖國——我猜測的。

你知道他代表著美國一代人，這一代人對「國家」的存在感到納悶，所以喝酒整天，憑直覺生活，只因為太多疑問沒有解答可能。

老年的海明威，顯然會同意他是屬於古巴的。

看，《老人與海》，揚名世界的作品，毫無疑問屬於古巴。

不屬於美國。

關於生命，我沒有資格吹噓，如果只因為我老。

但如果你堅持哲學的話題做為我們的甜蜜開始，那麼你沒看錯人。

是的，我比你老，見過許多生命消逝。

自從我開始擔任戰地軍醫，看了太多無意義的死亡。

或者，他自己相信有意義的死亡。

炸彈步槍的重量比我的靈魂輕。

真是不得了。

是神支持我，每天都在做同樣的事。
我把嗎啡施用在將死之人身上，減輕肉體痛苦折磨，幫他們閉上眼睛。
他們的笑和遺憾我見過。
哀傷確實存在。

女孩，讓我告訴你，
我前陣子才失去一個老朋友。
那是我們的狗，雷克，黑色的英雄。
牠跟隨軍隊很長時間，我愛牠一如我愛我的兒子雅各。

我不太清楚發生什麼事，今天特別傷感，我也想從你那邊知道什麼。

例如和平世界的虛偽，你應該可以告訴我一些跡象，無關國家，有關你這年輕女孩。

你身為作家，應該告訴我故事。

我認為好的故事可以提供人出口。

我會向神禱告，祝福你有耐心。

神會告訴你如何去愛。

保持聯繫，甜心

你親愛的詹姆士上校

春相信自己曾經知道愛。

她在念大學時，交了第一個男朋友。那個男孩子，是跑來她們系上修課的外系學長，雙主修還拿書卷獎，功課好的不得了。

他不高，戴著一副黑色的膠框眼鏡。他看人的時候，習慣瞇著眼睛：「我近視很深。」他向春解釋。期中考前，他在下課後的走廊上攔住春：「可不可以借我妳的筆記？」

「我沒有……那種東西。」春愣住了。她沒想到有人會注意到她。她從一開始就確定她不喜歡大學生活，許多張臉孔擠在一起，每個人都急著說話。

「我看到妳一直在寫東西。」學長很堅定，沒有要放過她的意思。

春在大學時期與同班同學沒有什麼交集，和學長交往不到幾個月，他們便搬到校外同居。

在收拾學校宿舍物品的時候，她出神望著手上黏滿毛髮的除塵滾輪。原來人是會在活著時，留下那麼多證據的嗎？即便根本無心於生命。

「我喜歡妳的長髮。」學長摸她的頭。

「我不喜歡。」她懊惱著：「我的髮尾一直會分岔，試過好多種潤絲精。」

「我喜歡。」

學長在校園附近找到了便宜的學生雅房出租。房東是魔術師，用好薄的木板把整層樓隔成好幾個空間。他們兩人租下了最後一間有對外窗的房間。

她第一眼就注意到房間的窗戶：「綠色的木頭。」她沉吟著。

「怎麼回事？」學長湊近過來壓低聲音，以為她有悄悄話要說。房東還在他們身後比手畫腳、口沫橫飛。

「我第一次看到綠色的木頭。」她陷入沉思。

「這麼舊的窗戶。」學長轉頭，開始和房東討價還價。

「之後可以買一張大書桌，就擺在這個位置。」學長坐在成堆的紙箱中，汗珠不斷從他的額頭滑落：「妳不是一直想要好好地寫東西嗎？現在，這是妳的房間了。」

「找得到那麼大的桌子嗎？」她疑惑望著學長。

「我可以自己組，椅子也是。」學長說。她喜歡看學長在紙上畫設計圖時，專注的表情。

他趴在地上畫了好幾張草圖，規劃桌子的結構。

還沒能來得及組裝桌子，學長就拿到了國外名校的獎學金。

「出國念書一直是我的夢想。」在機場，學長低著眼睛說。

「你從來沒有告訴我。」她一邊幫他推行李箱。

「我們每天都可以視訊。」他抓抓頭：「等我拿到更多研究經費，就把妳接過來。」

學長離開以後，她的時間感逐漸錯亂。她越來越少出門，一個人待在房間裏，不小心就日夜顛倒。

她沒辦法在該睡的時間入睡，白天自然爬不起床上課。她常常忘記吃飯，胃藥的包裝散落在桌上。

學長買給她的視訊鏡頭和麥克風也很少用到，不知不覺生出灰塵。

有一天，她在街上的小吃店等外帶的時候，看到電視上播著外國校園槍擊案的新聞。畫面裏有好多人在奔跑，不同膚色但是同樣因為恐懼而扭曲的臉，鏡頭被撞倒。

春眼睛發亮，學著電視上的人奔跑起來。她終於有充分的理由聯絡學長了。

「找妳的錢——」小吃店老闆的叫喚從身後傳來，她沒有回頭，只是三步併作兩步，往他們共同租下的那間房間跑。她跌跌撞撞穿過狹窄的長廊，差點開錯房門。

回到房間的時候，她才發現自己幾乎吸不到氣，胸口被撕裂成一片一片的感覺。原來我還活著，她想。

「喂？」撥通的瞬間，她一度相信她知道愛了。這是學長給她的機會。這是她的禮物。

「喂？」

原來另一端早就接起來了，一直沒傳出人聲。她趕緊把通話音量調到最大聲，清清喉嚨：「你還好嗎？聽得到嗎？」

她聽見聲音，但不是任何她聽過的聲音。或許電話那端是一座沙漏，她聽到的是時間的聲音。她想。

她再度提高音量：「很抱歉突然打給你，我聽說……」

「要加花椒。」學長的聲音遙遠而虛無。

「什麼？」她問。

「太多了……」學長抱怨。

「早就說過人家不會煮……」是女孩子的聲音。

「浪費。這鍋湯不能用了。」她彷彿看見學長皺眉頭的樣子。

她真的看見了，那是學長在通話中描述過許多次，但沒有真正寄給她任何一張照片的小廚房。一群專心念書的留學生，從學校拖著疲憊的身軀，到家以後，抖抖連帽夾克上的雪花，走進堆滿鍋碗瓢盆的小廚房，開始料理剛剛在超市採買的一大袋即期食材。

「馬鈴薯都發芽了。」學長的聲音從耳機裏傳出來。學長和發芽的馬鈴薯都在耳機裏面。她把一邊的耳機拿下來，放在手上仔細端詳，那麼小的地方，怎麼擠得下兩個人？

「等妳過來這邊，我們馬上就搬到更大的房子。」

「妳不用擔心我。妳要好好照顧自己。」

「要記得吃飯，妳太瘦了。」

在機場，學長緊緊抓住春的手說了好多話。她不明白，他的手怎麼會流那麼多汗？「哈啾——」機場的空調非常強，她忍不住打了噴嚏。

有一鍋準備到一半的湯底，被節省的學長直接倒進馬桶。學長向來最討厭浪費食物的人，她聽到女孩子笑著求饒的聲音。

那個時候，她沒有馬上把耳機拿掉。關於愛，二十一歲的她，還想知道更多。

親愛的詹姆士上校：

首先我必須感謝你，願意告訴我這麼多事。

我很抱歉，讓你想起死去的戰友而難過。

我想雷克一定是隻忠心的好狗狗。

我沒有信仰。

這件事情對你來說，是否很詭異？

沒有信仰的人，能寫出好的故事嗎？

可以的話，我也好想知道。

我沒有信仰，但是我猜我知道什麼是愛。

在我還是個孩子的時候，撿到了一隻貓。

那時我在放學回家的路上，聽到巷子裏面傳來微弱的哀鳴。

我走進去，發現地上放了一個爛紙箱，裏面裝了一隻濕答答的肉色動物。

當下，我還以為那是一隻垂死掙扎的大老鼠。

我小心翼翼抱著紙箱回家，打開家門的那一刻，我母親尖叫出聲。

對了，我母親是個非常愛乾淨的女人，她每天都要跪下來擦地板，她的膝蓋長年浮著瘀青。

隨著小奶貓一天一天長大，我的父母也漸漸喜歡上牠。

我們幫牠取了一個名字，叫做「抓抓」。

因為牠就和所有貓科動物一樣，你知道的，最喜歡亂抓東西。

從傢俱、塑膠袋到人的牛仔褲，抓抓都不放過。

抓抓現在已經是隻老貓了，代替我陪伴我的爸媽住在家中。

我們將牠視為家人，就像是一個比我老的妹妹。

看到曾經害怕貓毛的母親，抱著抓抓坐在沙發上，一起看電視看到睡著。

我想，這就是愛。

海明威是否愛他的祖國——應該說，你的國家，我不知道。

我只喜歡他那些沒有結局的愛情故事，例如《太陽依舊升起》。

傑克對布蕾特的追尋，只存在於永遠不可能擁有她的前提之下。

我想，就算傑克沒有因為經歷戰爭而受創，他也不敢再擁有什麼。

他唯一能做的，就是瘋狂在意那個叫做布蕾特的女人又和誰跳了舞，然後一個人躲在入夜的房間裏咒罵她、要她去死。

你怎麼看待這樣的事？

上校，我也想知道：戰爭對你造成了什麼影響？你被炸傷過嗎？

你離了婚，也沒有返回你的國家，是不是因為你其實根本離不開戰場？

春

她咬了咬指甲，在寄出郵件前，又補上一句：

> 如果我的問題造成任何困擾或冒犯，請你讓我知道。
>
> 請務必、務必不要突然消失。

○

妮娜在二十七歲時，知道了什麼是愛。

愛是兩個人在一個屋簷下生活，不主動親吻、也不擁抱彼此。

每次吃飯，男友總先放下筷子：「累了。」他說，然後移動到另外一個她看不到的地方。

如果她在客廳，男友就會立刻起身收拾碗盤。

當她走進廚房，男友就到陽臺抽菸。

她從浴室出來時，看到男友抱著臉盆，裏面是她為他挑選的男性洗髮精和沐浴乳：「換我洗了。」他說。

她靜靜聽著男友在同一間房子裏，過著另一種生活的聲音。他讀小說、滑手機，將外套從椅背上拿下來，又悄悄放回去。

他在陽臺替她修剪盆栽中的花草：「上禮拜埋進土裏的咖啡豆發芽了。」他的語氣聽起來十分平和，沒有期待。

她保持沉默，時刻告誡自己不要變成刻薄又囉嗦的女人。她沒有本錢和他鬧，畢竟一開始，就是她偷走了他的時間。

但她無法停止責怪自己的身體。她開始催吐，只因為她發現催吐瘦得比運動有效率太多。很快，她便習慣了把手指往喉嚨裏面伸的感覺。

兩個人若無其事地吃飯，然後妮娜會放下筷子：「我去一下洗手間。」

他們原本漸行漸遠的生活，在守護各自的祕密這件事上，重新有了交集。男朋友開始在她睡著後偷偷出門。有次，她輕咳了一聲，男友停下動作幾秒鐘，仍舊爬起身，穿上外套推門出去。

她仍舊躲在被子裏，維持一動也不動的姿勢。這只是一個捉迷藏遊戲。她告訴自己。

過了多久，一個小時、兩個小時？

被窩裏仍有他的味道。是她當初特地為他挑選的沐浴乳。她聞不到自己的體味。

她起身，從書桌抽屜裏翻出一把美工刀，朝著自己推了幾下。

喀啦喀啦喀啦。

腳步聲從門外傳來，她趕緊躲回棉被裏，把自己重新藏好。

男友開門進來，把外套掛回椅子上，脫掉上衣和褲子，重新鑽進被窩，在她身邊躺下，一隻手放在她的腰際。

男友身上的味道已經不一樣了。他帶著另外一個地方的味道，回到他們的家。她不知道那是哪裏。

他的手非常冰，外面一定很冷。

愛好下流。這件事，她在遇到他以前，從來不知道。

該把美工刀刺進他的脖子，耳朵下方有一顆隱隱跳動的心臟。她一直覺得男友如果戴耳環，一定非常好看。但她絕對不希望他更好看。

如果把他殺死，再自殺，是不是反而讓他輕鬆，讓他身後那些模糊不清的面孔們，更迷戀他、更想念他？

至於她自己，會上社會新聞，記者會幫忙配上浮誇的標題，網友紛紛湧進新聞底下留言。不管爸爸此刻人在哪裏，他一定也會看到那些充滿惡意的訕笑。

爸爸，事情不是大家想的那樣。他很愛我。

你最小的女兒，現在被人好好疼愛著，過得很幸福。

想到爸爸，妮娜終於打了一個呵欠，在男友的擁抱中，慢慢放鬆身體。

第二天早上起床，無論她怎麼找，也找不到那把美工刀。

○

阿神好想知道「被愛」是什麼感覺。

到了十九歲，他才第一次喝酒。「不會喝酒是不行的，改天我教你喝。」在大學社團迎新的聚會上，一個眼睛像貓的女孩子，主動拿了罐啤酒遞到阿神面前，易開罐上的水珠碰到他的鼻尖。好冰，阿神忍不住想打噴嚏。

「嗯？你該不會是討厭喝酒的女生吧？」學姊笑了，她笑的樣子比說話好看多了。阿神心想。她把手伸進口袋裏，掏出半包涼菸。在昏暗的燈光下，阿神注意到她擦著深色的指甲油，看不清楚是紅色還是黑色。

「不要叫我學姊。」她跺著腳瞪他。他從沒遇過這樣對他說話的人。一旁的男孩女孩交頭接耳，每個字，阿神都聽得一清二楚。

「我知道你討厭我。」學姊鼻子紅紅的：「我只是想跟你做朋友……」她哭的時候眼睛更大，她連下睫毛都很長，她是從少女漫畫裏面逃出來的角色。

「一杯 Mojito——」她扯開嗓子喊。

「小愛啊。」酒保微笑著，拿出一只乾淨的高球杯細心擦拭。「你們很熟嗎？」阿神問，沒有人回答他。

他第一次到酒吧這種地方，只覺得坐立難安。他想是因為音樂實在太大聲的緣故，每一拍都震盪到他的心臟。他懷疑人在這種地方待久了，壽命會變短。

「妳是這家店的常客嗎？」阿神望著嫩綠色的薄荷葉開在水上。

「什麼？」小愛把葉子拿起來聞，瞇起眼睛：「大聲一點。我聽不到——」

那天晚上，阿神跟著小愛一起回家。「這就是被愛。」他笨拙地脫掉她的衣服，抱住她發燙的身體。兩個人八隻手腳，怎麼擺都怪怪的。

女孩子真是不可思議的生物，看上去明明非常瘦，實際抱起來居然如此柔軟。阿神好不容易吹出一個大泡泡，看著它飄在空中的樣子，因為太害怕泡泡破掉，就哭了出來。

這就是被愛。他一邊想辦法安撫她，一邊止不住自己的淚水。那一年，他十九歲。

○

「……好幾天，沒有收到上校的回信。」春坐在地上伸直雙腿，注意到腳邊的毛毯上，有塊暗紅色的污漬。

「嘿，不要碰到那裏——」小鹿正色：「我剛噴了有劇毒的清潔劑，妳的腳會爛掉。」

「我不怕死。」

「那是從前的事。現在妳有在意的人了。」小鹿哼了一聲。

春微笑，也不明白自己是同意哪一句。

她第一次見到小鹿時，一心求死：「妳會幫我的吧？」

「妳的香水味好難聞。」小鹿淡漠地說。

她拉著春上樓，動作自然地像她們是一起長大的好朋友。

春坐在地板上，忍不住東張西望。這房間一塵不染到不可思議的程度，就和小鹿皎潔的臉蛋與灰色的瞳孔一樣。很難想像她不過是一個普通的大學生。

在網路上，小鹿是這樣自我介紹的：「我和妳念同一所大學，算是妳的學妹。」

「坐吧。平常沒有客人來。」小鹿從五斗櫃裏拉出一個坐墊，輕輕拍掉上面的灰塵。

「妳的房間看起來好舒服。」春捏捏坐墊，裏面好像裝著砂子。

「這就是妳離開這個世界之前，唯一想說的話嗎？」小鹿忍不住笑了。

「不是，要跟我一起死嗎？」春睜大了眼睛。

「唔。今天先不要。」小鹿一臉愧疚：「我剛剛發現，有一款石榴櫻桃口味的氣泡水要在購物網站開賣了。就在十一點五十九分五十九秒開始，限量一百五十組。」

「這麼好喝嗎？」

「我不過想當第一個下訂的人。」

「好吧。」春伸了個懶腰，整平她的米白色紗裙。

她看著小鹿拿出一小瓶威士忌和許多白色的藥袋，又從櫃子中取出一對玻璃杯，把這些東西排列好，擺在餐巾布上。她覺得她們像是在室內野餐，如果打開窗戶，就會有月光照射進來。又想起今晚是颱風夜。

不知道從何時開始，外頭的風雨已經停止了。

小鹿繞到春的身旁坐下，揉揉春的頭髮：「我會保護妳。」

春點點頭。眼前的人施展了相信的魔法，她無條件地相信了這間由水泥砌成的糖果屋。網路上認識的匿名女巫，此刻正在為她調製解藥。只要把這些糖果吞下，痛苦的回憶就會長出翅膀，從她的體內飛出去。

她一口氣抓起五顆膠囊，全部塞進喉嚨。她馬上就嗆到了：「呃……」

小鹿輕拍她的背：「加油。死沒有這麼容易的。」

「好。」春真心感激。

小鹿讓春躺在她的大腿上，春逐漸平靜下來。

「那是什麼東西？」恍惚間，她看見綠色的觸手，躲在浴室門的後面。

「鹿角蕨。如果妳喜歡，我可以給妳一盆。這種蕨類的適應力強，在照不到太陽的地方也能夠長得很好。」

「沒關係，我快死了。」春說。

「死沒有那麼容易的。」小鹿的臉突然靠得很近，春聞到一股味道。

春試著在腦海中搜尋記憶，浮現的是抓抓的背影。小鹿的臉散發著抓抓後頸的氣味。

那是一種無中生有的味道。她試著要找出形容詞，許多字在她眼前排成一個長長的隊伍，「嘩啦」一聲，骨牌般依序倒下。

我一定是快死了，才會看到這麼魔幻的畫面。這是她失去意識前，對自己說的最後一句話。

後來，她一直堅持那晚小鹿偷吻了她，小鹿笑著抗議自己不會偷襲任何人。

等到她真正恢復意識時，發現自己躺在又硬又冷的醫院病床上。

我沒有死。她想。這個事實，讓她很傷心。

她想起第一次看到雲霄飛車。那是小學的畢業旅行，十二歲的她站在巨大的遊樂設施前面，抬起頭望著一群同學慢慢升空，每個人都興奮得不得了。

他們的臉上下顛倒，她搞不懂他們是在笑還是在哭。

直到一切都安靜下來之後，她聽見兩個低沉的人聲在交談。

「感情因素。」

「……麻煩。」

「還是要通報家長。」春認出來其中一個聲音了，是系主任。

「上學期就被二一了……順便以注意成績的理由，叫家長……」

不要。她想開口，喉嚨乾得不得了。

不要讓媽媽知道。拜託。

「咪嗚──」一隻全身濕答答的小貓，對著她哀鳴。小小的身軀，居然可以發出那麼響亮的叫聲，她手足無措。「噓……」她將幼貓輕輕抱起，藏進油膩味很重的便當袋裏，橫了心把拉鍊拉到底，又打開了。她問自己：不小心把貓咪悶死怎麼辦？

可是媽媽會發現的。媽媽會尖叫，然後爸爸會一臉嫌惡：「去把那個丟掉。」

她望著自己的手掌心，濕濕的。

自己辦理出院後，她憑著支離破碎的記憶，緩慢探索著到小鹿家的路線。

「小鹿」不可能是真名。在網路上，所有人都用暱稱。她揉揉太陽穴，感覺得到那些沒抽出來的膠囊，還停留在體內，不願意就這樣溶解。

「歡迎光臨——」便利商店的店員正在和朋友說話，抬起頭敷衍她，一臉被打擾的無奈表情。

「給我一杯熱美式咖啡。」她還是昏昏欲睡。如果便利商店買得到床墊和枕頭，該有多好。

她用手撐著頭，坐在便利商店的用餐區。她疲憊地注視落地窗外每個經過的人，尋找黑長捲髮的高個子。

「同學，這裏不可以睡覺。」店員敲桌子，清了清喉嚨。

「對不起。」她馬上坐直，把臉埋進手裏。她發現自己身上有一股奇異的氣味，混合了嘔吐物、消毒藥水和她擦的香水。

那是白色房子的味道。她沒有死，進了白色房子又出來。那股味道就是證據。

她已經超過四十八小時沒有洗澡了。

午夜十二點一到，我就離開。她在心底悄聲告訴自己。

晚上十一點四十七分的時候，小鹿出現了。

「我買到了。」小鹿抱著半打氣泡水，站在她面前。她看過那樣霧灰色的眼瞳，是在好萊塢的末日電影裏面，帶著珍貴的飲水和糧食，在廢墟中尋找哭聲來源的救難隊員。

「不是跟妳說過了嗎？天底下哪有那麼容易的事情。」小鹿笑了。

「我可不可以去妳家洗澡。」春說。

親愛的春：

甜心，原諒我，讓你等待我的回覆。

你知道我有時候會非常忙。

我並不同意你的想像，我很遺憾。

我能夠離開戰場。戰爭結束，我仍然是個完整的人。

軍人只是作為一個工作對於我。

然而，炮彈碎片已進入我的身體，這個事實無法逆轉。

的確。

五年前，我在伊拉克的巴格達美國大使館遭受轟炸，敵人的碎片進入我的體內。

後來我拜訪許多醫生，每一位醫生都告訴我：這一切全是我的幻想。

他們為我的痛苦命名：「創傷後壓力症候群」。

「不管戰爭摧毀什麼，我們就是不可能停止喝酒、談話，親吻錯誤的人……」

海明威的前妻，哈德莉•里查森，她在巴黎說過這樣的話。

我相信我曾經死了，所以我能活得好，現在。

至於那些留下來的、多餘的，被賦予意義的生命，全部是謊言。

「意義」這一個詞，真是可怕——

天殺的，任何美好的事物，一旦被賦予意義，馬上變成凹陷肉罐頭，或防潮劑味的軍用壓縮餅乾。

這些東西，我已經吃得太多。

沒有生命不苦難的，甜心。

試著去想像傑克的生命困境吧，一個男人，沒有辦法性。

至於你所提出的假設，讓我告訴你：「假如他不曾受傷於戰爭……」

這個句子，沒有意義。

一個男人沒有可能愛，如果他沒有性。

女孩，這對你而言或許難以理解。

你是否聽說過一種精神官能症狀：「幻肢痛」。

我建議你在生活中實踐看看。

如果一小時太長，先從三十分鐘開始——想像你從戰爭中生存下來，你少了兩隻指頭、一條腿，或是一隻眼睛，隨便。

你可以用健康的身體做到這實驗，試看看，你可能會產生新的想法。

無論對傑克的心理狀態，還是年輕的厄內斯特・海明威。

你親愛的詹姆士上校

（二）

塊

「痛，」粗糙的掌心用力拍打春的屁股。

「……好痛。」

對方相信春是為了助興才喊出聲，打得更積極、更用力了。

「媽的——妳這隻母狗。妳是誰的小母狗？」春的頭髮被抓起來，又往床上壓。她把臉埋進枕頭裏面。

枕頭套散發著薰衣草的味道。春開始想像現在外頭陽光普照，她要把所有的衣服和棉被全拿出來，攤在藍天下曬到發燙。一隻黃金獵犬趴在被子下方的陰影處，睡得很沉。春突然覺得晴天並沒有那麼討厭，住在陽光普照的地方，也不一定是壞事。

「我是、你的。」

「誰的？告訴過妳多少次，要說名字。說我的名字。」

「我是……」

春閉上雙眼。她想像自己正在一座閣樓中專心寫作，桌上的杯子開始晃動，一滴咖啡濺到她的身上。她一點也不驚慌。這一切很快就會結束，房子不會倒塌。小鹿不是說過嗎？人要死掉，並不是那麼容易的事情。

幾十秒鐘的時間，其實可以思考很多事情：約完會以後，她想要去好好泡個澡——用飯店贈送的粉紅色浴鹽。明天是星期幾？如果是星期四，她想去凱瑟琳咖啡店。她喜歡聽綁馬尾的店員說話，那女孩讓她聯想到向日葵。她想專心聽店員介紹飲品和甜點，為此她會多點一份蛋糕，即便她沒胃口。

有時候她在搖晃中回想上校的信件。她想起上校提到海明威的第一任太太——那個叫做哈德莉的女人。不知道她的美麗，屬於哪一種類型？

至少在巴黎的時候，海明威曾不可自拔地迷戀她。他說：「我多希望在我只愛她一個人時，就死去。」

但是他沒有死，也沒有只愛她一個人。

「我愛妳……」兩具身體好不容易分開來。對春來說，這三個字代表的是「戰爭結束」的意思。

她稍微鬆了一口氣，今晚的約會到此為止。想到這裏，精神反而來了。

她只快點想進浴室泡澡，從進房間瞥見浴室有按摩浴缸的那一刻起，她就開始滿心期待。此刻，她決定先等待男人離開。

她抽起一張衛生紙，將腿間的水痕擦乾，再把掉到床下的枕頭撿起來，緊緊摟住，開始裝睡。

為什麼飯店的床上，總是要擺著四顆枕頭？她一直很納悶，但不曾問過任何人。

「現在的學生，愈來越沒有心。」男人坐直身子，扭開床頭燈找他的衣服：「……一份期中作業，一個班二十五人，有八個人抄襲。直接從網路複製貼上，連字型都沒改。不可思議。」

春想起從前上文學理論課的時候，他也是這樣對大家抱怨。他相當清楚課堂是他的舞台，在開學第一堂課先裝壞人，表情嚴肅提高音量：「沒讀過莎士比亞，沒讀過華茲華斯、愛蜜莉・狄金生。不是狄克森片語——我知道你們為了來到這個地方，都背過狄克森片語。」

又補了一句：「A開頭的背得最熟。」大家都笑了。

「唔。」當時春並沒有跟著笑，現在也是。她扭動身體敷衍著他的手，小心翼翼嗅聞枕頭。

薰衣草的味道已經不見了，取而代之的是漂白水混合動物內臟的詭異氣味。她想那就是屠宰場的味道。

她從未去過屠宰場。

好不容易等到房門關上，她才從床上慢慢爬起來，從皮包中拿出一個束口袋，將裏頭白色的糖果塞進嘴裏。

她一屁股坐進沒有放水的白色浴缸，靜心等待糖果在舌頭上融化。直到苦澀的口感完全掩蓋住那股屠宰場的氣味，她才放下心，打開水龍頭讓熱水流出來，慢慢淹沒這個疲倦的夜晚。

○

親愛的詹姆士上校：

上校，謝謝你誠懇的建議。

我認為自己並不需要去實踐這種想像。

因為我從來就不相信自己是一個健康、完整的人。

說起來，也許你會覺得荒謬。

自從青春期以來，我就睡得不好，也吃不太下飯。

我和我的貓咪都睡得不安穩，也許是我影響了牠。

當抓抓靠在我身旁休息的時候，我很容易可以感覺到，牠小小的身體不時在顫抖，斷斷續續發出微弱的氣音。

那不是撒嬌，也絕非憤怒，牠只是在牠的夢裏不停流浪。

上校，你說的對……我並不了解傑克。

他渴望和布蕾特同住，明明知道她會帶不同的男人進房間。

我以為愛會建立在佔有慾上。

我不是一個完整的人，但性之於我，並不是困難的事。性不過是一個人和另外一個人跳舞。

你是否不喜歡聽到這種答案？

海明威先生一生結過四次婚，還有無數的情人，或許。

既然你提到了巴黎，我想起了一件重要的事：

海明威住在巴黎時，為他的妻子寫下了好美的句子：「我多希望在我只愛她一個人時，就死去。」

這樣的愛情是我理想中的樣貌——純粹的服從。

我無法想像海明威——這樣一個有野心的男人，在巴黎，能夠只愛一個人。

上校，請問你去過巴黎嗎？那應當是所有藝術家最憧憬的城市吧。

你去過的地方肯定比我多，你應該告訴我你曾看見的風景。

作為一個想寫出偉大故事的人，我是否過度天真？

十分期待你的回覆

春

◌

「巴黎好玩嗎？」春問。

「妳怎麼會對巴黎有興趣？我都回來多久了。」小鹿好奇地打量著春。小鹿獨自旅行過許多地方，春從來不過問任何事。

「我那個時候，真的恨死妳了。就那樣消失兩個月。」春說。

「少來。妳其實很想我吧。」小鹿笑著捏春的臉頰。

「我希望妳在地鐵上被扒個精光，或是遇到爛透的一夜情。」

「妳去死——」小鹿順手抓起一顆抱枕，朝著春丟過去。

「所以妳去了哪裏？」

「我逛完羅浮宮以後，就開始看回程機票了。」小鹿頓了一下，摸摸鼻子：「那是一個……不去會遺憾，去了會受傷的地方。」

「妳不喜歡巴黎。」

「妳也不會喜歡的。巴黎可沒有妳想的那麼容易——觀光客太多了，比妳能想像的地球總人口還要多。真希望來個恐怖的傳染病，清洗一下那些在香榭大道上穿著『I love Paris』短袖T恤的混帳們。妳知道嗎？每當我走在巴黎的任何景點，都在想這一件事……」

「妳喜歡屠殺。」

「對。真遺憾我還沒能當上獨裁者。」小鹿吐舌頭。

「傳說中，那些存在主義的作家，會聚在一起聊天的咖啡店呢？」春不死心，繼續追問。

「我只有經過。妳如果看到那個畫面，一定吃不下飯。」小鹿搖搖頭：「好多綁著芥末黃髮帶的女人在自拍。芥末黃！」

「這樣啊。」春看著小鹿咬牙切齒的樣子，忍不住笑出聲：「我也好想去巴黎。」

「為什麼？妳連搭捷運都會呼吸困難。」

「就當我被附身了吧。」春催促：「快告訴我更多關於巴黎的事。」

「好吧。」小鹿遲疑了一下：「巴黎真的很貴，旅行的快樂得建立在錙銖必較上，令人煩躁。就算是那種一間房擠十二人、又臭又吵的青年旅館，一晚的住宿費，也可以讓妳買好多法文小說……」

她沉吟一會，接著說下去：「交友軟體，在那倒是蠻好用的。我找到一個在巴黎租房子的小女生。她是留學生，趁學校放假去南歐旅行。我自告奮勇替她看家，算是交易吧。」

「我不知道妳喜歡女生了。」

「別鬧，妳知道我不喜歡這種玩笑。」小鹿撥撥瀏海：「她長得好高，大概有一百七十八公分吧。皮膚曬得好黑，散發金色的光澤……她根本是顆長得太大的奇異果。」

「那不是比妳還高？」春試著想像一百七十八分高的衝浪女孩，站在小鹿身旁，雙手叉著腰。

「本來說好，我在她房間住兩個星期，但她大概因為學校的事情提前回到巴黎，所以最後三天，我們都在一起。」

春看著小鹿的眼睛眨個不停，猜想她大概是不習慣剛剪的瀏海。小鹿的髮型比亞熱帶地區的春天多變，最近剪了齊耳式的短髮，露出修長的脖子和鮮明的耳廓。小鹿一直那麼懂得自己，以致於春可以放心把全部交給她。

「從奇異果女孩打招呼的聲音，就可以知道這是一個自以為受歡迎的小朋友。她啊，沒有在感情上委屈過。」

「她去巴黎念程式語言耶，很神奇吧，跟我想像的完全不一樣。我一直以為去巴黎就要念藝術，我八成是被妳影響了……結果，奇異果理直氣壯地說程式語言也是門藝術——『請尊重我的專業』。」小鹿模仿奇異果女孩說話的樣子，抬起下巴，用食指指著春的鼻尖。

「唔。」春微笑著撥開小鹿的手。

「我問奇異果：『妳有著愛戀妳，但妳完全不放在眼裏的人嗎？』——妳猜她怎麼說？她只是聳聳肩：『我不在意我不知道的事情。』」

「我們一起看《愛蜜莉的異想世界》，她打呼得好大聲，根本是中年男人。我們一起看

《戲夢巴黎》，看到那對雙胞胎在浴缸裏擁抱的畫面，我勃起了。奇異果在旁邊偷瞄我的表情，好像我就是個普通男人。」小鹿恨恨地說：「後來她說，如果我喜歡法國妹，她就帶我去巴黎最瘋狂的夜店……」

「去了嗎？」

「不重要。」小鹿的眼神飄了一下：「奇異果每天都會帶一朵藍色的玫瑰回家，我問她怎麼回事。她想了一下，說那是個剛到巴黎念語言學校時，替她上課的講師送給她的。在她離開學校後，講師仍然每天送一朵藍色玫瑰給她，好幾年了。奇異果心情好的時候，會特地把花插進寶特瓶。也有幾次，有幾次……我在廚餘桶或廢紙簍裏看到藍玫瑰……」

「那女孩子……不在乎她不知道的事情。」春說。

「大概是吧。就像她不知道我，我也不知道她。要去機場的那天，她一直大力搖我的肩膀。她說從沒見過我這麼無聊的人，完全不想跟她上床。」

「唔。」

「不重要。我也不在乎我不知道的事情。這樣比較好。」小鹿聳肩：「她說她想要有我這樣的草食系男友。她把臉湊上來，我才不要順勢親下去。畢竟，在我眼中，她一點也不美，她只是夠年輕。」

「妳這樣跟她說了？」

「對，結果妳猜怎麼樣？她直接打我一巴掌。」小鹿搖頭苦笑：「『這是哪一國的禮儀？』奇異果放聲尖叫。我們在空無一人的地鐵站抱著肚子狂笑，就只有我們兩個人，真的笑了好久。我好久沒有笑成那樣，眼淚都流出來了。」

「後來呢？」

「後來我就拖著行李箱走了。一離開她的視線，我馬上拿出手機，把所有她能聯絡我的方式都封鎖加刪除。嘿，妳要不要喝點什麼？」小鹿這才想起什麼似的，打開冰箱門探頭探腦：「氣泡水快沒了。喂，要不要喝果汁含量保證低於百分之二的葡萄柚汁？」

「妳從來沒和我提過這些事。」

「是妳從來沒問過我這些事。話說回來，過了這麼久，妳才想起我去過巴黎。」小鹿背對著春，蹲在冰箱前面端詳著果汁包裝上的成分表：「妳對任何事都沒興趣，只活在自己的白日夢裏。不過妳維持這個模樣就好了。人……只有把自己完全鎖住，才能保持完整的樣子。」

「唔。」春已經沒有在聽了。

小鹿已經被那顆奇異果給打開過了，那個除了年輕以外，一無是處的女孩。想到這裏，春忍不住生氣。她氣小鹿曾經在某個地方為陌生人失魂落魄，到現在還沒有完全恢復過來。

○

在那一夜以前，妮娜始終相信自己身上有黑洞寄生，自她有記憶以來。

那是個無法預測的深淵，形狀和大小會不斷變化，位置也捉摸不定。所有的快樂都會立刻被吸收，成為它的養分。

「醜女。」

「好臭。」

「妳不要靠近我，我會被傳染！」

當高年級放學的路隊經過她家，對面雜貨店的小男生，總是指著她又叫又跳，其他同齡的孩子也跟著跺腳。她知道她的姊姊們也在隊伍裏。她轉過頭，不往路隊的方向看。

「有一隻怪物走在放學回家的路隊裏。」那天晚上，妮娜在作文簿上寫下這樣的句子。作文的題目是：「我的家庭」。

無所不在的黑洞。當她第一次發現，自己的雙腿之間居然長出頭髮，又粗又捲的，好像對面雜貨店老闆娘燙壞的頭髮。她的媽媽從來不燙頭髮。「燙了看起來更老。」吃晚飯的時候，媽媽在餐桌上和爸爸談論老鄰居的新髮型。

上游泳課的時候，她總是疑心其他女生盯著她的怪物看：「好凸喔。」、「為什麼她下面會那樣啊？又不是男生……」站在更衣間裏，妮娜擔心自己的雙腳被認出來。她的腳趾醜醜的，很好辨識。

「很可愛。」男人撫摸大蜘蛛的絨毛，像撫摸一隻正在失溫的貓咪。

「像蜘蛛。你看過喇牙嗎？」她恨自己抖個不停。關於和男人上床的事，明明已經幻想過無數次。

「喇牙也很可愛啊。」男人伸出舌頭。她立刻想到小狗的鼻子，溫暖、濕答答的。

狗的身上，永遠有一股揮之不去的臭味，任何品種的狗都一樣。從很久以前，她就注意到這件事。

「很會說話嘛。你對多少女人說過同樣的話？」她試圖把男人的頭推開一點，手指滑進他的頭髮。

「噓……」他要她安靜，妮娜便乖乖閉上嘴巴。冷汗從她身上的每一個毛孔冒出。

那晚，寄生在妮娜身上的黑洞，奇蹟般消失了。

◌

阿神撥開比人高的草叢，他的聲音不見了。他來到這裏，是為了找回說話的能力。閉上眼睛，就進入叢林。

每一株草，都顫抖著向他搖擺示意，阿神搖搖頭。「沒關係，我知道你們愛我。」他東張西望，尋找最近的水源。「抱歉……還沒有準備好去接收你們神聖的訊息。我知道你們會原諒我。」

阿神循著水的聲音，走到叢林的盡頭。他停下腳步，站在一株巨大的豬籠草前。

「對不起。」紅色的舌頭慢慢甦醒，向阿神伸來。阿神覺得有必要跪下。「對不起、對

不起、對不……」

「你沒事吧？」斑斑的臉貼得好近，阿神看見一束睫毛卡在她的眼瞼下面。斑斑很擔憂地觀察阿神，伸出手要摸他的臉：「第一次就用那麼多。」

「不要這樣，我頭好痛。」阿神推開斑斑。他討厭這個女人身上的味道，不想帶著那股氣味回家。他看向半掩的浴室門，裏面沒有開燈。

她穿著黑色的細肩帶背心，沒有襯墊，胸前垂著幾條用串珠編的髮辮。她長得漂亮，但她的好看是不會讓人產生好奇心的那一種。阿神對她的第一印象是這傢伙笑得很開，不怕人看到她的牙齦有點萎縮。他懷疑是抽菸的關係，立刻又想到第一個女朋友也有在抽菸。

或許第一個女朋友有在用心保養牙齒。阿神決定放棄思考。關於女人，他不知道的事情實在太多了。

「現在幾點了？」他問。從斑斑的房間窗戶看不見外面，百葉窗低垂著，小小的空間裏瀰漫著菸味，枕頭和床單也不例外。他望向床邊凌亂的梳妝台，圓圓的立鏡裏，住了一個眼神無光的男人。

他的蒼白和他的無聊，被放大了好幾倍。

周圍安靜得好奇怪。昨晚大家不是吵得要命嗎？那些聲音的主人呢？他對一切感到無比困惑。

「六點半。」斑斑坐起身伸懶腰，撿起阿神的衣服套上。「可愛嗎？」她的眼睛從他的T恤裏冒出來。那束睫毛不見了。

「這麼早？那我再睡一下好了。」

「晚上六點半。」斑斑聳聳肩。

他立刻從床上跳起來，感覺自己碎成一片一片：「……衣服還來，我要回家了。」

「才不要。」斑斑把身上的T恤用力往下拉：「一起吃個晚餐再走嘛？我好餓。」她對著阿神露出虎牙，他只想揮拳打斷她的牙齒。

臭婊子。他在心裏說。

「那就算了。」阿神直接穿上牛仔褲和連帽外套，把拉鍊拉高，頭也不回地走出房間。

「你這個人真的很過分。你要去哪裏？」斑斑在阿神身後叫。

「禱告——」阿神回答得很大聲，連他自己也嚇了一跳。

他走出公寓，在路上四處尋找電話亭。

在阿神還小的時候，這座城市裏，到處都是公用電話。有一次，阿神忘了帶彩色筆到學校。糟了，他想。老師打算從那天的美術課作品中，選出最高分的作品去投稿全校的比賽。下課後，他立刻跑到校門口去打公用電話回家。

「嘟、嘟嚕嚕嚕……」

阿神掛掉，一定是打錯了，他想。身為家庭主婦的媽媽，通常會在十秒內接起電話。他決定再重打一次。

「嘟、嘟嚕嚕嚕……」

「喂？」媽媽終於接起電話，聲音急促又不安，像是在防備著什麼。

阿神立刻把電話掛掉：「打錯了。」他站在原地，對著公用電話自言自語：「我打錯了。」

後來，電話越變越小，小到可以放進口袋，同時，城市裏的公用電話，以驚人的速度消失。

阿神總是能找到那些幾乎滅絕的公用電話。它們的分布沒有任何跡象可循，只能靠他自己把每條街都走過一遍。

越接近下班時間，路上的人和車子多了起來。為什麼他們看起來都那麼有決心，十分清楚該往哪走的樣子？難道，他們也和他一樣，在尋找某種消失中的東西嗎？

阿神走進一個幾乎被行道樹藏住的電話亭，投下硬幣後，撥了幾個數字。他通常會靜默，等待對方先說話。這是他的習慣。

「喂，您好？」

「……」阿神吞嚥口水。

「喂？生命線您好？」

「幫幫我。」阿神說：「我在找我的聲音。」

○

親愛的春：

女孩，你「相信」的事似乎太多了。

我擔憂這樣特質將阻礙你前往偉大的小說家之路。

聽著：在這個巨大充滿未知的世界上，太多東西還沒有名字。

你不能擅自決定它們的命運，無論你是否相信上帝。

去他的上帝！

我愛祂一如祂愛我……可是，有一次我記得清楚，當我養的第一隻狗死去，我試圖擁抱牠而牠拼命掙脫。

牠看我時眼神裏有恨。

我那時十五歲，第一次懷疑上帝。

因為我愛我的狗。

天殺的。

海明威在巴黎的日子想必是愉悅的，與巴黎無關，我猜。

重點是女人。

無論是巴黎女人，還是美國女人，他與女人們往來。他從女人們身上得到故事的靈感。

只要有女人和好酒，男人就能成為作家。相信我。
無論在巴黎、紐約、新加坡或約翰尼斯堡。
除了該死的喀布爾。

甜心，我在進入軍隊之前，曾經拜訪許多地方。
東南亞、紐西蘭、加勒比海群島和南美洲。
那不到地球的十分之一，那時我還以為自己是偉大的探險者。
你可知道《孤獨星球》？我們時代的英雄。
我與許多女人發生關係當我在旅行中，是的，女人。
但是我與蘿拉失敗的婚姻，不是因為女人。
是時間。時間是無藥可治的病。
我曾經深愛蘿拉，而我們失敗，如同許多伴侶。
這是你想聽聞的旅行風景，我很抱歉。
你一定很失望，因為你如此天真。

第一眼看到那人，妮娜不知道該如何是好。

長得好看的人，連微波便當都那麼優雅。她望著他的手腳，想起從前在每年的第一天，全家人都要早起看電視，看螢幕上高舉禮槍的儀隊踏正步。

她被高高拋起。

「又忘記了？放進微波爐前要先做什麼？」另一個大個子的店員，用手肘撞了一下那男人，也不在乎妮娜還站在櫃台前面。

「唔……」男人緊皺眉頭，臉色蒼白：「上面寫要按『九』，可是我記得，你上次說過這個……」男人轉頭望向妮娜，露出抱歉的微笑。

「不行，自己想。」大個子的店員表情嚴厲：「動作這麼慢，人多的時候怎麼辦？」

「沒關係。」她一開口就後悔莫及，疑心自己的聲音像張磨砂紙。她好恨自己才剛睡醒，穿著皺巴巴的T恤和運動長褲就走出家門。咖啡店臨時休息，她一個人在家睡睡醒醒了整天，直到路燈亮起來，才真正清醒。此刻，她幾乎已經看見自己的嘴角有口水痕，前額的瀏海翹得像章魚腳。

在超商上大夜班的新手店員，會怎麼想她呢。

「──沒關係。」她清清喉嚨，再講了一次。這回好多了。她對她的聲音向來很有把握。沒有人看她。

接過冒著熱氣的雞腿便當，她在用餐區拉出一張椅子坐下，默默拆開免洗筷，「啪」的一聲。

好奇怪，她環顧四週。明明只是為了方便沒時間的客人用餐，弄得比許多人的住家還要整潔、明亮。橡木地板和同色系的餐桌椅、全年無休的空調。她很樂意住在店裏。

「日本的便利商店，不能吃東西的。」媽媽和姊姊們過年去日本玩，算是他們家族的人第一次出國。回來之後，一群人在餐桌上搶著分享見聞，七嘴八舌：「我們買到一種飯糰，還真的什麼都沒有包。吃到裏面，只有一顆紫蘇梅。我那個時候，實在是餓死了，結果店員跑過來，一臉為難的跟我說了一大串日語，我哪聽得懂，還以為她是要幫我剝包裝紙……」

所有人笑成一團。

那一年春節假期，她正好要準備升學考，沒辦法跟著家人出國。捨不得她一個人被丟下，還要承受考試的壓力，爸爸自告奮勇留下來陪她過年。

媽媽和姊姊們帶回來的紀念品幾乎塞爆了行李箱，妮娜分到一條藍色的洗面乳。「在這邊貴死人，日本真的好便宜啊。」媽媽神采飛揚說著，一邊將洗面乳放到浴室的洗手檯上。妮娜低著頭寫模擬試卷，用 2B 鉛筆在答案欄畫出一座泡沫山丘。

後來，到底是從什麼時候開始的呢？她想不起來了。後來，越來越多便利商店進了這條媽媽特地買給她的藍色洗面乳，堆得像喪禮上的罐頭塔，通常擺在糖果零食旁邊。「平均每六秒鐘就賣出一條……」她在心裏默念著映入眼中的廣告詞。

她放下手中的免洗筷，走到貨架前面拿起一條洗面乳：「我要結帳。」她把洗面乳放在男人面前。

「等一下。」她又拿了兩罐啤酒。打開冰箱門的瞬間，冷冷的空氣瞬間撲上臉。她默默希望這樣可以讓她的毛孔緊縮一些。

「妳滿十八歲了嗎？」刷條碼的時候，男人瞇起眼睛打量她。她的臉瞬間熱了，只想把自己的臉埋回冰庫裏。剛才那個八成是男人前輩的大個子店員，不知跑到哪裏去了，男人的臉部線條明顯輕鬆許多。

她坐在便利商店外面的長椅上，一口一口慢慢把啤酒喝光，如果沒有酒精，她無法像這樣等一個人下班。

後來她天天到那家便利商店去買東西，沒過多久，她就把那個大夜班店員帶回家了。像迎接一尊陶瓷娃娃進門。他的皮膚白而透潤，手指修長，喉結突起。「好安靜的地方。」他站在門外，沒有要脫鞋的意思，像是要她好好看清楚他。

那一年，她二十七歲，第一次談戀愛、與人同居。

妮娜在十八歲那年搬離家後，與媽媽和姊姊們維持最低限度的往來。她把一切都推託給並不忙碌的咖啡店工作。逢年過節的時候，一個人在住處煮小火鍋。

對於和一群人擠在屋簷下的生活，她已經受夠了——爸爸、媽媽、兩個姊姊還有外婆，一家六口擠在十幾坪的老公寓裏，洗澡的時候要排隊，磨石子浴缸裏永遠泡滿衣服。

妮娜從小就下定決心：等她長大，要過上想過的生活：她翻著百貨公司的廣告型錄，心想需要一間採光好的客廳，陽臺擺張圓桌，上頭擺著裝咖啡牛奶的骨瓷杯；她披著鵝黃色睡袍坐在陽臺看報紙。等到陽光變強，她進房親吻熟睡的男人：「起床了。」

來自便利商店的男人，第一次去妮娜家的時候，妮娜拿鑰匙的手在發抖。「妳一個人住？」男人在她身後開了口，語氣不是問句。

妮娜暗自許願此刻她的房間門鎖故障，最好整座城市的鎖匠，全部被神祕組織綁架。她好氣惱。她根本還沒準備好理想的生活，理想的人先進來了。

○

上了大學之後，阿神像是彈性疲乏的橡皮筋，連教科書都沒有買，待在社團辦公室鬼混的時間比宿舍更長。

「嘿，」門被推開，是小愛：「你不是有課嗎？」

阿神抬起頭，對他的女朋友害羞地笑，也對女朋友身後的陌生男人笑。

「嗨。」男人蓄了山羊鬍，身材挺拔結實，站在小愛旁邊，更顯得她嬌小可愛。

「聽說過你。」山羊鬍男人換下鞋子，找了個位置。

阿神一時之間不知道要回什麼，只好微微點頭。他忍著不去注意男人右邊耳骨閃著光的銀環，他光想就覺得痛。

小愛在阿神旁邊坐下，像平常一樣挨著他撒嬌。在表達愛意方面，小愛完全是個天才。阿神一開始總是閃避，到後來也就逐漸習慣。

他愛她，也愛所有與她有關的流言。他機械式地把她擁在臂彎裏，一邊敷衍著山羊鬍男人不痛不癢的問句。

女友身上的氣味和平常不太一樣，但他選擇不去注意。

我選擇的。他想。

約會的時候，春就是個好孩子。

男友要她做什麼，她很少拒絕。想看她穿什麼，她就會乖乖套上。

春自己平常沒有觀看色情片的習慣，但透過年長的男朋友們，她多少知道了一些有趣的事。例如遊戲開始前，會先進行一些類似綜藝節目的問答：

第一次自慰，是幾歲的時候？

第一次做愛的對象是誰？感覺怎麼樣？

最刺激的性愛場所在哪裏？

被問到這一題的時候，春不說話。大部分的時候，她努力扮演一個好的女朋友，有問必答。就只有一次，面對這個問題，她低下眼睛，不說話。

那時她還沒有和學長男友同居，交往初期，為了幫學長慶生，春帶著在校內麵包店買的波士頓派，到男生宿舍去找學長。那是當時的她，所能想到最好的禮物。

看見提了蛋糕、穿著學長送的裙子的春走進去，學長的室友們，一個接著一個突然想起來有急事。他們推門離開的時候，轉頭對春露出親切的笑。

第二天，有情侶大膽地在男生宿舍窗戶旁邊，玩火車便當的事情，在學校炸了開來。

春只是一如往常，一個人背著包包走進教室。班上一如以往的沉默，但每個同學都眼睛發亮。那樣的氣氛，讓她想起念小學的時候，爸爸媽媽總是會在她生日那天，特地買一個巨大的糖果桶，讓她帶到學校去，發給班上每一個小朋友。

「要有禮貌。」在開車載春往學校的路上，爸爸透過後照鏡盯著她，再三強調：「要有禮貌。知不知道？」

「……今天，是我的生日。」她站在講台上，把視線集中在教室後面的布告欄。忘記是哪個大人教過的：表演的時候，避免跟任何觀眾眼神交集，就不會緊張。

「大家一起來唱生日快樂歌吧。一、二、三——」班導在旁邊拍手，所有小朋友跟著張開嘴。

每一個人，都可以從她手中拿到兩顆軟糖。

「生日快樂。」

「唔。謝謝。」

「我可不可以換成橘子口味的？」

「好。」

「那我也要換。」

「好。」

每年就只有那一天，最多同學主動和她講話。「謝謝。」她和每個人說。

上課的鐘聲還沒響起，她索性直接離開教室，走回女生宿舍。她打開門，爬到上舖躺平，在閉上眼睛前把手機關掉。

窗外的陽光直接照在她的臉上，她沒有挪動身體，她在思考為什麼斑馬身上會有一條黑一條白的斑紋。

如果斑馬從草原搬到大馬路上，是不是就能逃離獅子的追殺？

她不小心睡了一個太長的午覺，醒來時只覺得臉頰熱熱痛痛的。她迷迷糊糊爬下床，走進浴室檢查自己的臉。

好可惜，除了曬紅了點，什麼都沒有改變。

學長握著手機，在校園裏發瘋般尋找她，找了整個下午都沒有頭緒，索性騎摩托車到市區的百貨公司去買禮物。回程的時候突然下起暴雨，學長的車子在十字路口打滑，手肘和膝蓋著了地。

她終究還是聽說了，決定去看看學長。她獨自走在往男生宿舍的小徑上，與學長的室友們擦身而過。每個人都把視線轉開，大聲說話。

到了寢室門口，她沒有馬上踏進去。她看見學長的書桌上擺了一個突兀的綠色盒子，上面打著蝴蝶結。

生日是詛咒。她想。人來到這世界上，就一定會有生日。

「對不起。」陰暗潮濕的窄巷裏，那隻虛弱的小奶貓，從上鋪的棉被中探出頭，眼神充滿不安與虧欠。春覺得有必要留下來。

過兩天，還撐著拐杖的學長，一跛一跛地帶著她去見房屋仲介，為了找兩個人可以盡快搬進去的房間。

「妳不是一直想要『自己的房間』嗎？」學長一邊說：「現在，妳可以寫任何妳想寫的東西了。」一邊小心翼翼把現金裝進信封袋，雙手遞給一臉微笑的仲介。她在學長身旁看著，覺得那疊鈔票、眼前的兩個人和他們臉上的笑容，都與她沒有任何關聯。

親愛的詹姆士上校：

你說的對。

這個世界上，確實有許許多多的事物，尚未被命名，也不應該被命名。

就算有了名字，大概也只是人類的一廂情願。

可是，我就是必須靠著那些薄弱且毫無邏輯可言的信仰，才能存活至今。

信神的你，恐怕很難理解我在說什麼吧？

即便從收到你的第一封信件起，我們已經交換了那麼多祕密……

有時候，我也相信你就在我身邊。

然而，事實是，就算此刻伸出手，我也觸碰不到你。

而我也無法明白女人與酒之於男人有多可貴。

我想我是有點看不起女人，因為我是女人。

維吉尼亞・吳爾芙說：「女人要寫作，需要自己的房間。」

我好奇你對這一句話的看法。

這一句話，可以是我無法寫出好故事的藉口嗎？

我不認為我真的擁有自己的房間，大部分時候，我在旅館與旅館之間移動。

你可能無法想像我居住的城市有多擁擠，而我租了一個倉庫，裏面放著我的書、沒有完成的筆記，大多是關於小說的構想。

還有一些不是那麼常穿到的衣服，和男友們送我，但不合用的禮物。

每個月我花一筆錢，將這些悲傷的靈魂關在一個小房間裏。

有些時候我甚至完全忘記它們的存在，整整一個月。

我什麼都沒有寫出來，是因為我始終沒有自己的房間嗎？

在你眼裏，我可不可以一直做個小孩。

期待你的回覆

春

阿神在迷宮般的迴廊中，尋找他的戀人。

她不能沒有他，她沒有他是活不下去的。這些話，都是她親口說的。

他拿出手機，打給小愛。

您的電話將轉接到語音信箱。

您的電話將轉接到語音信箱。

您的電話將轉接到語音信箱。

納悶。

您的電話將轉接到語音信箱。

嘟聲後開始計費，如不留言，請掛斷。

快速留言，嘟聲後，請按井字鍵。

他開始覺得一切很荒謬。為什麼電話按鍵上，會有一個「井」？當初設計這個東西的人，腦袋裏究竟在裝什麼？他是哪個年代的人，住在什麼樣的地方？

我有可能理解他這麼做的原因嗎？阿神一邊想著，一路往小愛的公寓前進。直到他終於聽見女友的手機鈴聲，從她的房裏傳出來。

阿神走到門口，一動也不動。

他第一次聽見自己的心在跳，他確實存在於這個世上。

他靠著牆壁坐下，把頭埋在雙手間。他難過的是，原來自己心中早就有了想法。

他必須親眼確認，是誰把屬於他的東西剝奪走的。他要抓起那些混蛋的衣服領口，讓他們雙腳騰空。

一隻壁虎從阿神面前爬過，沿著牆壁的踢腳線前進。他一把抓起壁虎，塞進右邊的耳朵。壁虎在他的腦中迷了路，開始橫衝直撞。他可以感覺到牠的恐懼和茫然，這裏是什麼地方？為什麼我找不到出口？

牠害怕到把牠的尾巴給丟了，從阿神的左耳掉出來，在磁磚地板上猛力拍動。

啪、啪、啪。

他同時聽到壁虎尖銳的哀鳴聲。

他站起身，對著那條還在努力求生的尾巴用力踩，一腳接著一腳，直到壁虎的慘叫聲漸漸微弱。

終於安靜下來了，只剩小愛的手機鈴聲還在門後響。

他用袖子抹抹臉，轉身離開她的公寓。

親愛的春：

「女人要先有一間屬於自己的房間，一筆屬於自己的錢，才能真正擁有創作的自由──」

女孩，從此刻起，我認為叫你女孩是個錯誤。

你不是個嬰兒，就是女人。

如果可愛的艾德琳・維吉尼亞・史蒂芬女士，曾經說過這樣的話，那是因為她與英國公務員結婚在第一次世界大戰的時候。

但當你，嘿，我想像你的眼睛看著我說出她說過的話，這真是怪異令我顫抖。

「女人需要獨立，只因為她是個女人。」這是希區考克電影裏才會有的台詞。

親愛的，你心之所向的海明威先生，無論他寫出多少浪漫的句子──如果他晚五十年出生，光是四次婚姻的紀錄，就會讓他的官方推特被自以為是的知識分子癱瘓。

這件事毫無疑問。

春，讓我直呼你的名字。

我突然覺得期望我們互相理解是錯誤。

讓我們回到開始的地方。

當我寄出第一封郵件給你，我對古巴比倫人膜拜過的星空許下願望：我需要一個年輕女孩陪伴我戰地時光。

我無意改變你或說服你。

光是這樣的念頭便使我疲憊。

我們之間距離如此遙遠，我甚至不知道你居住在哪裏。

也許你就在紐約或華盛頓特區。

你是個男人，你跟我同樣是個軍人。

這一切只是個玩笑。

誰知道？

但是我必須傷心地承認一件事：每次收到你的信，我就快樂。

你要知道我今年五十四歲，我在全世界最危險的地方執行軍事任務。

我隨時會被炸飛，變成比陽光中的浮塵更微小的肉末。

到那個時刻，全世界只有你能夠證明我存在過。

你親愛的詹姆士上校

「告訴我，妳現在最想要什麼？」

春抿著嘴不應聲。

「說話。」有一個聲音命令她。

從小到大，沒有一個人教我如何表達慾望。她想。

「被幹。」

「大聲一點。」聲音催促得更兇了。

「被幹。」她提高音量。

「這麼濕了。」一支手指伸進去她的腿間，然後是兩支。

是潤滑液的緣故。她睜大眼睛，她希望自己喜歡眼前的一切。她眼睜睜看著自己的手和腳，正在做出愛一個人的動作。這就是詹姆士上校提過的「創傷後壓力症候群」嗎？

春的身體自己動了起來。她變回八歲的樣子，小小的手掌貼在百貨公司裏的玻璃櫥窗上。她好想要那個洋娃娃，她比手畫腳跟媽媽保證一定會好好打扮金髮碧眼的娃娃：「我會把她當妹妹照顧。我的小妹妹。」她舉起手對著冷氣出風口發誓，那時她還不知道誓言的重量。

那是她有記憶以來，第一次在公眾場合徹底放棄般瘋狂哭鬧，抓住媽媽的裙角在地上爬，無論如何不肯起來。她懷疑嘴裏的乳牙都要被哭掉了，但她仍然哭個不停。

媽媽氣得耳根發紅：「妳這個孩子怎麼回事，啊？」

後來，媽媽在跪著擦地的時候，從木頭書櫃的下方，找到娃娃的手腳和軀體。

「頭呢？」媽媽把支離破碎的娃娃丟進垃圾桶邊問。她說話的時候，完全沒有看向春。

春很想跟媽媽解釋：媽媽，對不起。我真的、真的愛過她。我甚至偷偷用過妳放在架子最上層的進口潤絲精，在你們不在家的時候，像呵護自己的孩子一樣，用手指輕輕幫娃娃梳開那糾結成團的長捲髮。

親愛的春：

你最近還好嗎？
我檢查郵箱好幾次，我想我沒有收到你的任何消息。
希望你只是忙碌，不是生氣。

期待你的回覆

你親愛的詹姆士上校

春讀完郵件，標示成「未讀」，將手機放回口袋。她坐在小鹿家樓下的便利商店，看著店員忙進忙出。

「怎麼回事？」一隻手放上她的肩膀，是小鹿：「妳在這裏坐了多久？」

「不知道。」春試著回憶，腦中卻一片空白。她是怎麼來到這個地方的？「不知道。」

她又重複一次。

「到我家去。」小鹿瞥了周遭一眼，握住她的手腕：「怎麼這麼冰？」

「不知道。」她又重複一次。

一進房間，小鹿就把春拖進浴室。「是不是又遇到壞人？」

春搖搖頭，任小鹿將她身上的衣服一件一件脫下。她始終保持不動，凝視著掛在鏡子旁的鹿角蕨。

它們長得那麼好，隨時可以把浴室吃掉。或許眼前的小鹿，早就被這些猖狂的蕨類植物給取代了。

她對自己這個突如其來的想法感到難過。

「妳喜歡的話，我可以送妳一盆。」小鹿檢查完她的身體，開始幫她擦澡。

「不要。任何東西與我扯上關係，都會死掉。」

小鹿不說話了，把沐浴乳擠在充滿孔洞的黃色海綿上。春聽見外頭熱水器啟動的聲音。

水氣讓她們逐漸看不清楚對方。

「妳洗得好久，好像我是一隻大象。」她說。

「才不到五分鐘。」小鹿這才恍然大悟，忍不住發脾氣：「誰給妳吃那個？他們怎麼都不怕出事？」

「……我，在約會的時候想到詹姆士上校。」她低頭，盯著乳白色泡沫從十隻腳趾頭流進排水孔，她和小鹿的頭髮一起卡在密密麻麻的洞穴中。「好可怕。」

「我知道。」小鹿把她的手臂抬高，仔細搓洗她的腋下。

「我已經半個月沒有寫信給他了。」

「我知道。」

「他是真的。」春微弱地抗辯。

「我知道。對妳來說他是真的，我從一開始就知道了。」小鹿不耐煩起來：「所以妳不能再回信了。應該說，妳從一開始就不應該回信的。」

「為什麼？為什麼妳一開始沒有跟我說？」

「因為我說服自己，這樣對妳比較好。」小鹿吞了吞口水，艱難地說：「……因為，我沒有辦法一直照顧妳。」

「為什麼？」春轉身望向她。眼睛裏都是水。

小鹿把蓮蓬頭關掉，她的視線越過春的肩膀，春跟著看過去，鹿角蕨從掛在鏡子旁的盆栽裏爬出來，綠色的牙齒慢慢咀嚼她們的臉。

〇

親愛的春：

我仍然沒有收到任何你的回覆。

我擔憂你，在喀布爾的星空下。

我懷疑是否你對我的提議不滿？

我只是按照你一開始的想法，決定從此只討論厄內斯特・海明威。

若我冒犯你，你至少應該與我談談在做任何決定前。

女孩，我無法原諒自己有這樣的念頭：我寧可你是出了什麼意外。

你很快會回來。

你親愛的詹姆士上校

○

「我恐怕沒有辦法幫妳。」醫生皺眉：「牽涉到的部分太多了。重點是妳的訴求。」

妮娜沒說話，低頭研究拼接地板的紋路。森林再多，也無法在這世上找到兩片長得一模一樣的木頭地板，她想。

「……希望妳認真思考一下，自己最想要的東西，是什麼？」

那麼你最想要的是東西又是什麼，不就是錢嗎？既然如此，問那麼多做什麼？她的掌心在冒汗。她微笑，拿出最後一支火柴，另一手掏出打火機，以迅雷不及掩耳的速度，把這間白色的診所燒成灰燼。

她要留在案發現場，和其他圍觀的人一起議論紛紛。

「我……想要她的臉。」過了好久，她才說出口。

「她的臉」一出現，她就掉下淚。「好奇怪……」妮娜開始喃喃自語：「好奇怪。對不起。」她開始抽噎，用手背抹臉頰。

「……沒關係。那，我們今天就先談到這裏，妳回去再想一下。有問題都可以再預約諮詢，好嗎？」醫生說。淚眼中，她看見醫生和助理快速交換眼神。

「不好意思，下一位預約的客人已經在外面等很久了。」助理拉開診療室的門。

她離開診所，走到人行道上回頭看醫師的臉。他在陽光下笑得合不攏嘴，有幾隻麻雀停在他的眉心。

她從背包中拿出鴨舌帽戴上。就算在這樣的時刻，她仍然記得要追求白皙的皮膚。

她心一橫，在回凱瑟琳咖啡店的路上，轉了個彎。

她不要任憑日子這樣下去。

一股強烈的疼痛感，將阿神從痛苦的淺眠中硬生生拖回現實世界。「靠……」他發現左小腿抽筋了，一邊揉著腿，才注意到天已經黑了。

他是什麼時候睡著的，這又是第幾次了？他不敢再想下去。

身後的門突然被打開，他嚇了一跳，轉身一看，原來是大熊。大熊看上去很疲倦，拎著安全帽和鑰匙一語不發。

「你今天怎麼那麼早下班？」他問。

「天都快亮了。」大熊放好安全帽，繞過他走進浴室。

「你有幫我拿便當回來嗎？」他大聲問，一邊揉揉太陽穴，試著將夢的殘像趕出腦海，那畫面反而越來越清晰。

又是一片無垠的沙漠，天空藍得不可思議，沒有一朵雲。他走得好渴，他知道自己隨時會倒下。

死，並不是最恐怖的事。在夢裏，他完全想不起來為了什麼緣故，必須不斷往前走。

「拿去。」大熊沒好氣地將一個鵝黃色的手提袋丟給阿神。他打開一看，裏面裝著一件黑色T恤。

「今天斑斑到店裏來找我，她說這是你忘在她家的東西。」

他望著袋子裏皺成一團的T恤。

什麼時候，他產生了自己並不孤單的錯覺？那隻壁虎已經在他的腦子裏住下，還沒放棄尋找出口。

她們。都是她們害的。她們身後的影子，向他伸出滴著水的舌頭。

○

大學畢業以後，春沒有試著投履歷，也不打算準備任何考試。她嚮往小鹿的生活，房間裏有縫紉機和自己的小花園。

她想要寫小說。她想不到什麼工作，可以允許她在辦公室寫自己的小說。

學長男友提前回國了。沒能拿到他想要的學位，倒是和求學時相戀的同學結婚了。他和未婚妻回來辦理登記，找空檔約她出來吃飯。

他們約在一家以異國咖哩著名的餐廳碰面。出門前，春從衣櫃中找出那件沾了嘔吐物的紗裙，上面的污漬已經很淡了。後來她穿了一條牛仔褲赴約。

「你食量怎麼變得這麼小？」在事先預訂好的包廂裏，為了驅趕沉默，她鼓起勇氣先開口。

「太累了。」學長無奈地笑：「我大概不適合婚姻。不過……」

不應該見面的。春想著，一邊從托盤中盛了一大口咖哩醬放進嘴裏，差點嗆出來。

「妳吃到我的那份了。我點的是中辣。」學長詫異地看著她，過了幾秒才反應過來，站起身要幫她拍背。慌忙中不知道誰打翻了玻璃杯，桌巾立刻濕了一整片。

「喂，服務生。」學長瞇起眼睛，朝櫃台的方向舉起右手。她一邊擦嘴一邊望著眼前的男人，直到此刻才覺得：初戀情人是真的回來了，他還活著。

○

親愛的詹姆士上校：

我很抱歉。

我很好，什麼事也沒有發生。

只是對於之前的話題感到疲倦，不知道如何回應。

我害怕著這一刻的到來。

我確確實實是維吉尼亞・吳爾芙的讀者。

擁有房間意味著我不用擔心生活。

那麼我就可以專心寫作。

我和男人們進行沒有情感基礎的性交，為了遠離生活。

他們會給我一些承諾，通常是金錢。

我可以拿來自由運用。

金額並不大，但已足夠我和枯燥的日常保持距離。

我厭倦極了人生，也沒能長成我的父母親所期待的模樣。他們或許希望我成為一名英文教師。

在我成長的國家，許多孩子被送去學習英文，因為父母希望他們變成美國人——不是英國人。

或許，我父母親也希望我能成為美國人。

他們從來沒有認真提過這件事，但我就是知道。

幾乎所有我認識的人，說英語的時候，都會變得很神經質。

我也是。

我遲疑了好久，無法輕鬆向你坦承這一切，並非認為你會看不起我。

你知道嗎，上校。
最殘忍的部分是：在選擇了這樣的生活後，我仍沒有寫出任何精彩的故事。

上校，我今年二十七歲了。
親愛的海明威先生，在我這個年紀的時候，已參加過真正的戰爭並且受了傷。
卡在左腿的碎片，成為他無法迴避的真實。
他結婚、離婚、又結了婚；有了小孩，見過墨索里尼。
在巴黎寫作，出版了《太陽依舊升起》。

我今年二十七歲，我甚至還沒學會如何愛人。
這是我的戰爭，而我不願再交代更多細節。
請原諒我的傲慢和孤單。

春

「⋯⋯夠嗎？」學長站在陽臺用手機轉帳，螢幕的光映出他專注的神情。

「兩百美金夠嗎？」學長背對著她，沒聽見她反應，又補了一句：「⋯⋯不夠再跟我說。」

她坐在柔軟而高的大床上，兩腳懸空碰不到地板。落地窗外的燈火像星空。印象中，她從未到過這麼高的樓層。

不對，她想起來了，很久以前，這城市最高的建築物剛落成時，好多人排隊搶著搭電梯，老師也帶全班一起去了。無論老人、小孩還是有錢人，都對神眼中的景色無比好奇。星星都在腳下，不知道顛倒的是世界還是自己。那是春第一次穿前開式的浴袍，她把腰結打得非常緊，擔心一站起身，整個人都會鬆開。

「不要拿他的錢。」小鹿坐在她對面，雙手抱胸。春第一次看到小鹿的眼睛流露出強烈的恐懼：「拜託，不要拿他的錢——」

「我已經不生他的氣了。」春小小聲說。

「這就是我擔心的。」小鹿皺緊眉頭。

「什麼？」

「沒事。」小鹿嘆了一口氣。

小鹿說到做到。她打了一把備份鑰匙給春，讓春隨時可以進去她的房間。在那裏，兩個人什麼都聊，就是不聊生活。

○

妮娜在提款機前呆站著，對於螢幕上帳戶中多出來的幾個零疑惑不已。為什麼？她轉頭想問路人，排在後面的陌生臉孔，皺著眉頭在瞪她。

那一年，妮娜十八歲。她的生日和學校畢業典禮正好是同一天。在她的生日前一個月，爸爸消失了。

白天，媽媽和大姊哭著抱在一起，要妮娜幫忙保守這個祕密。「二姊過幾天就要去航空公司面試了……她那麼努力在準備……」

妮娜從客廳看向爸媽的房間，半掩的門裏一片漆黑。好奇怪。那麼美的媽媽，每個人都說媽媽應該去唱歌或演戲。「一定會紅」的媽媽，怎麼可能會有這麼一天，和狗血八點檔裏的角色一樣被拋棄？

直到畢業典禮當天，她仍然沒有放棄，在人群中東張西望個不停。從小到大最疼她的爸爸，無論工作再忙，也不曾錯過她在學校的任何一場表演或比賽。

她看到校花掩住張大的嘴，接下九十九朵紅玫瑰的時候，紅了鼻子。「好浮誇……」周圍的人起鬨著。穿著便服的大人，成熟的男人。

「你爸爸不懂浪漫。」媽媽撇嘴：「什麼蜜月旅行？他說要帶我去爬山。」

妮娜期待著最浪漫的爸爸，會帶著一束鮮花來參加她的畢業典禮。童年時女孩們玩在一起，把紅色的小花串成手環。她手上也戴了一條回家，小心翼翼把袖口拉長。

「我是公主。」她只願意在爸爸面前露出手腕，她知道如果媽媽和姊姊們看到了，會笑。

「……如果有一天，發生了什麼不得了的大事情，所有人都完蛋了。到那個時候，只有妳會得救。」爸爸把她的紅色花環輕輕拆開，要她把嘴張開。

「是花蜜。和糖果一樣甜。」她又驚又喜舔著嘴唇。

如果有一天，戰爭開打或是瘟疫降臨，城市被軍隊封鎖了，超市的貨架上都空空的。

到時候，只有我會得救。她心滿意足地想。

所有人都會餓死。只有我會得救。

一直到她長大以後，走在路上時，仍會下意識尋找紅色的小花。

大合照都拍完了，她站在氣球拱門旁不願離開，有幾顆氣球搶先脫隊了，不知道要飄去哪。

她還是沒有看到爸爸。

離開校門口的時候，天已經快黑了。她叫住正要收攤的花販，和他買下最後一支向日葵。「不用錢。這一支的莖有點折到。」花販叮囑她回家後趕緊用鐵絲把莖固定好，插進水瓶：「還可以多活幾天。」

她扶著垂頭喪氣的向日葵走路回家，步伐緩慢而小心。等她到家的時候，爸爸剛離開。爸爸和雜貨店的阿姨一起回來拿行李，和正好在家的媽媽起了衝突。媽媽的門牙被打斷了。

大姊抱著媽媽坐在地上，她們因哭泣而扭曲的臉如此相似。「去報警啊。」她把向日葵丟到地上，到處都是沾了血的衛生紙團。

她覺得快樂，這一天是她的畢業典禮，也是爸爸的畢業典禮。多希望警察可以幫忙帶爸爸回家，爸爸會幫她把向日葵用鐵絲纏好，插進水裏。「還可以多活好幾天。」爸爸會這樣說。

沒人去找警察，也沒人去找爸爸。他就這樣從妮娜生活了十幾年的城鎮徹底消失。

幾個月後的某一天，妮娜的帳戶裏面，突然多了一大筆錢。

她後來想懂了，那是爸爸送給她的生日禮物。

○

春打開筆電，闔上。又打開筆電，再度闔上。

游標是符咒，被貼在白色的螢幕上，它想封印住的東西，是無論如何也殺不死的。

春想要點一杯熱美式咖啡，她抬起頭，沒看到那個熟悉的身影。

「需要什麼嗎？」一個留著絡腮鬍的男人，端著白色瓷盤走過來。她從來沒有在咖啡店裏看過這個男人，濃密的絡腮鬍讓人無法判斷他的表情。

「謝謝妳，一直支持我們……這是我們店裏的新產品，我想，請妳試試……」

他說話的速度非常慢，但是每個字都說得清清楚楚，不留給人一點點想像的空間。他連眉毛都白了，高挺的鼻樑和深邃的眼窩，讓春相信他不是在這座城市長大的人。

春對他擠出一個虛弱的微笑。盤子上面的蛋糕看起來十分精緻，可是面對一個陌生人，春根本沒有食慾。

如果端出蛋糕的是那個綁馬尾的女孩，春也許能夠給出比微笑更多一點東西。

絡腮鬍男人精通讀心術似的，自己端著蛋糕離開。過沒多久，廚房裏傳出磨豆機轉動的聲音。

春發現自己想念馬尾店員。

離開咖啡店，她往小鹿家樓下的便利商店走去。今天，她走得特別慢，她第一次想認真看看這條街的風景。

她穿著第一次見面的紗裙。「都脫線了。」小鹿用手揉著線頭：「妳這樣要怎麼一個人生活？」

「我明天會拿去請裁縫車好。」同樣的話，她講了無數次，小鹿從不戳破她。

便利商店的門自動開啟，冷氣迎面撲來。她走到用餐區，找了一個乾淨的位置坐下。

附近的貨架上，堆了整排的藍色洗面乳。

她開始數總共有幾條洗面乳。數來數去，每次的數字都不一樣。從右邊數，就會多一條。她決定把多出來的那一條買下。

她拎著裝了洗面乳的購物袋往捷運站走，在地下道的入口處停下腳步。許多人從地洞裏走出來，每張面孔都瞇著眼一臉困倦。她腦中浮現那間綠意盎然的浴室，她想下次見到小鹿，一定要問她照顧植物的祕訣。

到了刷卡的閘門，她才發現自己根本沒有卡片，趕緊小跑步到機器前，買了一個深藍色代幣，緊緊握在掌心。

如果弄丟的話，查票員會馬上發現，一把拎起「假的」傢伙，往車窗外甩。她想。

她反覆想像怪物柔軟的掌心和尖銳的指甲，遲遲沒有踏進車廂。

她就這樣站在月台旁，看著列車不斷進站、離開。

每台列車都是獨一無二的，但它們全開往同一個地方。

親愛的春：

我很遺憾，對你。

請別誤會，親愛的。我傷心，不是因為你的祕密。
我傷心，是因為你討厭真實。
我如此傷心以致無法專注醫治我的患者們。
很少我的患者受到嚴重的傷，大部分是心理壓力造成的症狀。
他們想家，他們多數是青年。
現在，我和他們一樣，身體衰弱因為情緒困擾。
每當營火熄滅，星空美麗。
我善於辨認星空，但我想著遠方傷心女孩的事。

女孩為何不接受自己？

不，我更無法原諒，女孩為何不願對我誠實？

我幾乎已告訴她所有的事。

從第一封信件開始，一直如此。

傑克深愛的那個女人，從來不忌諱在其他男人面前喝醉，因為她知道自己失態的樣子好看。

英俊到可怕的十九歲鬥牛士出現時，她放蕩得不像話，你覺得她是個婊子嗎？或許我不應該使用這個詞。

此刻我不知如何與你互動，因為你的心軟得像絲綢。

你是一隻幼雛。

只要身為人類，我看見幼雛，我要保護牠。

即便我間接殺了不少人。身為一名軍人，那是我的任務。
保護幼雛則是我身為人必須擔負的責任，只因我們皆背負原罪。

你親愛的詹姆士上校

○

妮娜仰躺在手術台上，她只覺得好冷。身上的手術服又薄又粗糙，她寧可自己帶睡衣過來。電視螢幕上擱淺的鯨魚，被人群圍繞、拍攝。

她此生從不曾親眼看過任何一隻鯨魚。等這一切結束之後，她一定要去海洋館玩。當然是和喜歡的人，她心想。「我等下真的會睡著嗎？」她忍不住問醫生。

「放心。」戴著粉紅色髮帽的醫生低頭盤點手術器材，一小撮瀏海不小心掉出來。他一邊喃喃她完全聽不懂的術語，助理跟著點頭，小跑步到外面去拿些東西回來。

她撇開眼神，下意識不去注意助理手上那些發著光的東西。

「如果我中途醒過來怎麼辦？」她又問了一次。

沒人理她。

「會不會很痛？」想起媽媽。媽媽曾經說過好多次，生孩子是一件非常疼痛的事，也不會因為多生幾次就比較順利。「尤其是妳，頭太大了。生完妳以後，好幾天沒辦法尿尿，你爸爸還在外面跑來跑去，真的是……最後，還不是得靠妳外婆來，天天來……」媽媽講這些話的時候，總是一副快要掉淚的模樣。

妮娜只覺得虧欠，對於所有人——對於忍受劇痛把她生出來，接著好多天沒辦法順利上廁所的媽媽；對於提著補品往醫院跑，在門口狠摔了一跤，從此之後走路一拐一拐的外婆。還有為了把她扶養成人，一天到晚在外奔波的男人。她的爸爸。

「不要亂動。」醫生的聲音突然變得很輕、很溫柔，彷彿某場神聖不可侵擾的儀式，真的要開始了。

「……過來看一下，這邊真的很塌。」醫生對著妮娜的臉比劃，助理跟著點頭。

「我開始想睡了。」她的眼皮越來越沉重。

「我們還沒注射麻醉劑。」醫生和助理都笑了。

她始終相信外星人存在。小學的時候，她曾在深夜電視節目上，看到穿著紅色西裝的主持人，一臉神祕兮兮拿出幾張黑白照片，在座的來賓紛紛掩嘴驚呼。

第一張照片上有個頭大得不成比例的孩子，全身赤裸躺在像是手術台的地方，許多大人圍繞在它身旁，大家看起來都很期待。

第二張照片中，那個孩子的身體被剖開一個大洞。它的嘴巴張得很開，沒有眼珠，搞不清楚孩子看向哪裏。

主持人介紹照片的順序錯了。妮娜想。那孩子一定是生了怪病，才會瘦得不成人形，頭髮都掉光了。外國人齊心協力醫治他。手術順利結束後，大家開心地合照。

感激的淚水，在孩子黑洞般的眼中打轉。

「又爬起來看這種亂七八糟的東西。熬夜會長不高，知不知道？」。媽媽從臥房走出來，瀏海夾得好高，露出光滑的額頭。她的臉上貼滿小黃瓜片，看起來像百科全書上才會有的遠古爬蟲類。

媽媽忍不住打了個呵欠，兩片小黃瓜從臉上滑落：「哎。」她拿起遙控器，對著電視用力按了幾下，螢幕上的光頭小孩舉起手，和妮娜道別。「怎麼又壞了，電池沒電？爸爸——」媽媽對著臥室喊。

妮娜縮在籐椅後面，心裏知道，只是不想說。媽媽不讓小孩熬夜看電視，真正的原因是晚上十二點以後，有一些很後面的頻道，會播放比介紹外星人更詭異的節目。這些事，班上男生都在說。

她偷看過幾次，記得一清二楚。通常是留著長髮的女人，在華麗的舞台上，像響尾蛇一樣扭來扭去。奇怪的是，女人的動作慢到不可思議，有時候會突然完全靜止，當她開始懷疑電視壞掉時，女人又悄悄開始動作。

她從來沒有在現實生活中看到過，任何人以那樣詭異的速度走路或跳舞。

鏡頭帶到底下的觀眾，都是跟爸爸差不多年紀或更老一點的中年男人，無論張開嘴或閉著，他們都安靜極了，和平常家人晚餐時一起看的綜藝節目完全相反。

觀眾的表情都很專注。她想到寺廟裏面，捻著香念念有詞的信眾：「拜託保佑……」後面聽不清楚。

被趕回房間睡的妮娜，躺在熟睡的姊姊旁邊，睜大眼睛放輕呼吸。她試著數羊，柵欄裏跳出來的卻是那些女人。每數一次，她們就脫掉一件衣服。

助理壓低聲音，聽不清楚她說了什麼。醫生貼近她的臉。他們兩個一起笑我。好討厭的感覺。妮娜心裏想。我躺在這裏等待救援，而這些人逼我穿上比紙還薄的手術服，讓冷氣的出風口正對著我。

「幫我把毯子拉上來一點……」妮娜對於打擾他們的親暱對話感到愧疚，同時忍不住怒意：為什麼花了那麼多錢，來這裏光著身子看別人打情罵俏？

在那個失眠的夜晚，她躡手躡腳走到陽臺，望著沒有星星的夜空。

「我看到飛碟了！」第二天一大早，她興奮地告訴家裏每個人。她的臉都紅了，她可是忍耐到天亮。

「是真的。」她激動得不得了。

「笨蛋才會相信那種怪力亂神的東西。」大姊邊吃三明治邊說。

「是真的。圓圓的！發著光，往那個方向飛過去了。我真的有看到。」妮娜指著窗外遠方的河堤，忍著淚水。

「那是天燈。」二姊一邊整理書包：「我昨晚也有看到。」

「什麼是天燈？」她問。

「聽小玉講她們老家每年秋天放那個天燈，一次幾千幾百個同時飄上天，怎麼拍怎麼漂亮。她們明年還要回去，問我要不要跟。如果報旅行社的話……」媽媽插話。

「我該出門了。」爸爸放下筷子，拎起工具箱準備出門。

那次之後，她再也沒有看見飛碟，也沒有再聽說任何關於那個孩子的消息了。生病的小孩，在她的心裏變成一個泛黃的問號。她偶爾仍會想起那雙沒有眼珠的黑眼睛。好想知道那個孩子的手術究竟有沒有成功？它是坐飛碟特地來地球治病的嗎？有沒有平安回到遙遠的家鄉呢？

或許，那孩子在復原的過程中，和幫助它的大人們建立了友誼，就這樣定居在地球。那些人應該要幫它買棒球帽和吊帶褲，讓它出門和其他小朋友一起玩的時候，不會被嘲笑、被取外號。

也許有一天，她會在電梯裏、公車上，或是便利商店，遇到那個偽裝成地球人的外星小孩。

黑色的眼睛就這樣不斷地注視著妮娜。每當她感覺到那股視線的時候，她體內的黑洞就開始擴張，一股暖呼呼的熱氣冒出來。

她想牽住孩子的手，撫摸它光滑冰冷的手背。
她要告訴它：「你不用再害怕了。」
她一定要。
她掉進那雙黑不見底的眼睛裏，失去意識。

○

親愛的春：

在等待害羞女孩回覆過程中，我思考：我應當給予害羞女孩時間。

那麼這次換我告訴女孩，我的祕密。

在我加入軍隊之前，我也嚮往成為一個作家。

厄內斯特・海明威在我出生前十九年逝世。
如果戰後嬰兒潮中該出現第二個海明威，那個人應該要是我。
十六歲的我，如此傲慢。噁心。

十六歲時我還是個孩子，我擁有一個甜美的女友，她的名字是奧娜。她的黑捲髮。
我太愛她了，以至於我什麼都寫不出來。
就像在我的眼前，此刻。

我們成天在庭院的木屋裏做愛，曬太陽。
她如此相信我，以致於在我生日時，送給我一台打字機。
女孩，你要知道，她買的打字機可不是便宜貨。
我害怕極了。當我看到生日卡片上寫著：「給我親愛的海明威」

——猜猜後來發生了什麼事？

女孩，我多麼害怕你知曉事實，你會看不起我。

事實上，我欺騙她，很長的時間。

我只是把自己關在木屋裏喝酒，厭煩她呼喚我，提醒我：親愛的，你今天寫得如何？

於是我把《紐約客》上面的任何文章，或者《戰地春夢》的隨便一段對白，照著打在紙上。

我的小奧娜翻著那些出自不同作家的句子組成的狗屎，她的鼻子紅通通。她說她迫不及待看到後面的故事，她說我將會成為很好的作家，詹姆士。她捧著我的臉親吻我。

後來我拒絕她的所有約會，只因為我被其他女孩吸引。女孩，是的，還有男孩。我那時太年輕。

我邀請毒蟲朋友進木屋，一九八〇年代。

我把奧娜鎖在門外，對她吼叫，宣稱我在製造火箭為了尋找故事靈感。

那群毒蟲跳舞時差點把打字機砸爛。

沒教養的豬。

直到有一天，我至今仍想不通奧娜如何做到的。

她拿到所有我的「創作」，交給為我寫大學推薦函的老師。

她的舉動使我失去了進入最好州立大學的機會。

當時我不覺得愧疚，一點也不。我氣瘋，四處找她。

如今想起這些事，我無法停止手顫抖。

但這一切代表什麼呢？

我相信即便厄內斯特・海明威當時仍活著，知道這件事，他不會說什麼的。

但你不是厄內斯特・海明威。

你是一個普通的年輕亞洲女孩，你為什麼和我通信？

生活中充滿謊言，無論在洛杉磯或阿富汗，都一樣。

但有一個地方可以讓我誠實，就是你，和你的文字。

你親愛的詹姆士上校

○

阿神挑了一個靠窗的位置坐下，不知道該把手放在桌上還是腿上。他已經想不起來，上次進來這種只賣咖啡和甜點的小店，是多久以前的事了。

他環顧四週，只覺得這家店是真的老，而非刻意營造的復古。木頭桌子上面都是亂七八糟的刮痕，店裏只有他一個客人。

乳白色的牆壁上，掛了幾幅和花有關的壓克力畫，沒有一朵是他認得出來的。鐵椅和木頭餐桌一點也不搭。他想起以前工作的超商用餐區，好像還更自然舒服些。

我為什麼坐在這個地方？他的頭開始痛了起來。現在是星期四的下午三點五十二分。二十七歲的我，不是應該和大熊一樣，在這座城市的某個地方，誠懇或心懷鬼胎地忙進忙出嗎？

「包裝袋上面，不是寫了不能微波嗎？」大熊拿著抹布幫他收拾殘局。對不起。他張開了嘴，一個字也沒能說出來。

道歉是沒有意義的，下次絕對不可以再給別人添麻煩了。他在心底默默發著誓：下次，下次我一定會記得的。

「你已經長大了。想做什麼就去做吧。」媽媽放下茶杯。

「長大了耶。」斑斑的手為他解開皮帶，她的指甲上有星星。

窗邊擺了一個三吋盆栽，深綠色葉片往外長成一支傘的模樣，保護著細瘦到隨時會折斷的根莖。阿神注意到盆栽土裏露出半顆咖啡豆。

「那個是咖啡樹。」一個留著絡腮鬍的男子，將菜單放在桌上。男人第一眼給人的印象很老，仔細看才發現是皺紋的緣故。

他錯愕地接過菜單，他根本沒有想要喝任何飲料。前一刻，他還在懷疑自己為什麼走進這家冷清的咖啡店。「嗯……」他趕緊皺起眉頭，假裝研究上面的文字。

冷泡紅茶、美式咖啡、義式濃縮、拿鐵、熱牛奶。每個詞他都看得懂一點點，像是小時候玩在一起的人，好多年過後，穿西裝打領帶從電梯口走出來。

「一杯……美式咖啡。」阿神猶疑著把菜單放到男人手中。

「冰的，還是熱的？」

「……熱的。」他不過是點了所有選項中，最便宜的那一種。

「好的。」絡腮鬍男人看穿他的心思一般，很乾脆地鑽回廚房裏。

店門打開，一個穿著紅色洋裝的瘦弱女孩走進來。她沒有看向阿神，阿神也沒有看她，但阿神知道到自己搶了她習慣的位置。

男人又從布簾後現身：「歡迎光臨。」

女孩子張嘴說了什麼，聽不清楚。就跟她整個人的氣質一樣，像塊脫線的紗布。男人反應很快，點點頭就開始動作。看起來他們默契很好。

如果這個女孩子是熟客的話，應該會和喜歡聊天的前女友認識吧？他歪著頭，試圖想像她們兩個人站在一起交談的樣子，才發現他從不曾看過她和其他女人說話。

「你太瘦了。」前女友不斷把菜夾到阿神的碗裏：「多吃一點。」她親手下廚做他愛吃的菜。每次前女友叨唸他的時候，他總直覺她是拐彎在抱怨自己的身材。她的盤子裏，不是蘆筍沙拉就是燙花椰菜。

他為此煩躁不已。他從來沒有說過她胖，也不想看到她對自己如此殘忍。

大部分時候，他只是低頭吃飯。把所有的食物都吃下去，吃到他開始想睡為止。

「都是你的錯。」前女友握著拳頭捶牆壁，淚水從她的眼裏不斷滾出來。原來一個人，是有可能哭成那樣的嗎？他望著她扭曲的五官出神。他自己就不曾哭得那麼支離破碎。

阿神覺得他曾經在哪裏見過這棵小小的咖啡樹。

他開始觀察咖啡店裏的擺設與布置，希望可以想起前女友笑起來的樣子，卻發現腦中一片空白。

阿神看到她把他的每一件衣服用手仔細搓洗、掛在陽光下曬，再摺得整整齊齊，收進衣櫃。他幾乎看不下去。

「那只是地攤貨。不要花時間在廉價的東西上。」壁虎在他的腦中叫個不停，他沒辦法踩死那隻壁虎。

絡腮鬍男人端出一杯咖啡，經過阿神的身邊，放在女孩子的桌上。

我先點的。他正要叫住男人，才發現面前早就放了馬克杯，已經喝了一半。

這一邊不是真實的世界。他想。我還在夢中，還沒有離開叢林。

這個想法讓他輕鬆。他吐出長長的一口氣，從背包裏拿出他珍藏的小說來讀。過了這麼多年，他無論到哪裏，都隨身帶著這本小說。封面無可避免的沾上污漬，書頁也都泛黃了。

當他第一次見到這本小說的時候，書就已經比他老了。那個時候，他還是一個高中生，從圖書館的架上拿起這本小說，塞進制服夾克裏面，把拉鍊拉到最高。直到今日，他仍然無法釋懷，為什麼當他戰戰兢兢走出圖書館的時候，防盜門沒有發出任何聲響。

他無法諒解這一切，於是他堅持把書帶在身邊，等待有一天，誰來揭穿這個恐怖的祕密。

讀完詹姆士上校的信件，春闔上筆電，才發現天已經黑了。

結帳的時候，她瞥到收銀機旁的電子鐘。星期三。她連忙打開手機，鬆了口氣，羅先生只發了一則訊息，詢問該在何處碰面。

羅先生算是少數令她可以比較放鬆的男朋友。

第一次見面的時候，羅先生雙手插著口袋，腳邊有幾支菸蒂。他的皮鞋很亮。「讓你等很久了嗎？」春問。那天的她穿著白色碎花洋裝，再套上一件短版的牛仔外套。她想這樣的穿著會讓她看起來更有精神點。像這樣與男人第一次見面的日子，她通常會在前一晚敷著面膜入睡，好讓妝貼得更透。

「……我姓羅。」羅先生看上去，居然像是沒有什麼經驗的人，不知道在這樣的場合該跟女人說什麼。她得知羅先生的真實年齡和職業，是他們約會幾次之後的事了。

「常常有人說，我看起來根本不到三十歲。」第二天早上，羅先生坐在她對面，放心享用飯店的早餐。他看起來神清氣爽，開始把她當朋友。

「……那不是很好嗎？」她將叉子輕輕放下，盤子上的炒蛋散發著牛奶的香味。

對於沒睡好的她來說，無論擺在眼前的是什麼食物，都覺得噁心。她拿起一張紙巾擦嘴。她需要做一些無關緊要的動作，來驅除那種感受。

怪物在低吼。

「……在我們這個圈子，不是好的事。」羅先生刻意清清喉嚨，神祕兮兮地瞇起眼睛。她適時把身體往前傾，裝作很有興趣的樣子。

「好累。有時候我都懷疑自己到底是不是真的存在。」羅先生嘆了口氣：「像妳多好，單純的生活。」

話一出口，兩個人都沉默下來。羅先生立刻站起身：「我要再去拿杯咖啡。妳呢？」

她搖搖頭，望著羅先生桌上那杯喝到一半的咖啡。

羅先生端了兩杯柳橙汁回來，一杯給她。冰塊輕輕碰撞玻璃的聲音，在寬敞的大廳裏顯得微弱，然而他們兩人都清楚聽到了。

那一瞬間，他們靠得十分近。在明亮的光線下，她才真正看清楚眼前這個年齡不詳、表情變化多端的男人。

在床上的時候，又是另外一張臉。她想著這件事，沒有說出口。

羅先生注意到她的眼神，用手稍微順了一下瀏海。他的頭髮又黑又茂密，戴著一副紅色膠框眼鏡。他的眼睛不大，瞇起眼的時候，像個專家。他的皮膚比春還好，連鼻頭都沒有幾顆粉刺。

「妳要多休息。」有次約會，她一打開車門，就看見放在後座的百貨公司提袋。「周年慶我太太亂買一通，多了一瓶。妳用用看。」羅先生不好意思地說。

她從袋子裏拿出一罐化妝水。那是她捨不得買的東西。

他不放心，又補了一句：「如果妳不嫌棄。」

她從不主動問羅先生工作上的事，羅先生反而更急著說。關係正式建立之後，他總是親自開車接送她。

她盡量告訴自己：不該去比較男友們。無法否認的是，星期三，對於她來說是相對沒有壓力的日子。

羅先生把他們的戀愛歸為包月制，但約會日之外的時間，羅先生也不干涉她。

一打開車門，淡淡的麝香味飄了出來。這是羅先生車上的味道。他習慣在開車時放西洋老歌，都是她以前曾經在爸爸車上聽過的歌：《Smoke Gets in Your Eyes》、《Will You Still Love Me Tomorrow?》或是《How Deep Is Your Love》。

她不喜歡這些歌。爸爸總是在載她去學校的路上放著這些音樂。她繫好安全帶，發現正在播放的《The End of The World》，不是她記憶中的版本。

「……為什麼不聽原版的呢？」她遲疑了一下。

「原版？」羅先生抬起眉毛：「這就是原版。Skeeter Davis。我不知道妳指的是哪一個版本？」

「木匠兄妹——木匠兄妹合唱團。我以為他們是原唱。」

「噢，妳怎麼會聽木匠兄妹的歌？」羅先生笑出聲：「他們的年紀，都可以當妳的爺爺奶奶了。」

「不會的。那個妹妹早就死了。」她看向前方的車陣。紅燈了。「厭食症死的。」又補了一句。

「妳連這個也知道。嘿，妳該不會其實比我還老？」

如果是的話就好了。她在心底想。

一個嬌小的老婦，用手指輕輕敲車窗，手腕掛著好幾串玉蘭花。「玉蘭花。」她喊。

春試著將頭往羅先生的肩上靠，這是他們認識以來，她第一次這樣做。

羅先生的手放在排檔桿上，完全沒有移動。隔著車窗，她看見婦人垂下衰老的眼睛，消失在車陣中。

◌

「小姐，身體不舒服嗎？」計程車司機關心的聲音從前座傳來。妮娜默默把口罩拉得更高一點。她懷疑自己有半個身體被忘在手術台上，她沒有力氣。

她看著街道從眼前後退。擁擠的人潮、簇新的大樓，那些行道樹被照顧得真好。她從前認真相信，這類地方與她一點關係都沒有。一間名牌店挨著另一間名牌店，十頭身的假人們，在櫥窗裏對她咧嘴。

手術的麻藥還沒有退盡，她仍堅持要離開診所。「有沒有朋友能夠來接妳？」助理低頭一邊按著計算機，她搖搖頭，感覺身體是座破裂的沙漏。

她搖搖晃晃打開置物櫃，拿出事先準備好的漁夫帽、墨鏡和口罩，全副武裝穿戴上。路人會以為她是藝人或模特兒吧，這麼熱的天氣。她想。

計程車駛過公車站，有許多人倚在站牌旁擦汗皺眉，搖頭晃腦。她也曾經在「他們」之中。「搭計程車」對她來說，一直是有錢人才會做的事。等我長大有工作賺了錢，我要帶爸爸搭計程車環島。她小時候在日記上寫下她的願望。

「……我看妳還很年輕，不要太悲觀。」司機見她不應聲，開始自言自語：「我家裏，媽媽前年癌症走了，哪花得起那個錢，做什麼標靶治療。接下來是我太太。現在我肝也不好，根本不敢去看醫生。」

她有股掉眼淚的衝動，她期待的人生就在前面，再前面一點，對，下一個路口左轉再右轉。只要等上一段時間，她的臉將會變成所有人都認不得的樣子。然後，她也許可以接近那個女人一點。

「……兒子也不管家裏，跟他說爸爸老了、身體壞了，要退休。他掛我電話……」

紅燈了，一個黝黑乾瘦的老婦人緩緩挨近計程車，直到她們之間只隔著一層玻璃。

「玉蘭花——」隔著一層又一層的紗布，妮娜聞到濃烈的香氣。

司機搖下車窗，對老婦人擺擺手。她正打算開口，先感覺到溫熱的血水從鼻腔湧出。

「我全部買。」不顧彷彿被扯裂的劇烈痛楚，她咬牙切齒，把這四個字說完。

○

「……別人眼中的我，是長這樣的嗎？」羅先生放下手中的刀叉，專注凝望著電視螢幕上，口沫橫飛的男人。

春不答話，趁機夾起自己碗裏的一隻雞翅，默默放回餐盤。羅先生總是要她多吃一點：「太瘦了。」他常常會用馬戲團觀眾的眼神打量她的身體。

他們在飯店叫客房服務。「……我今天真的忙死了。」羅先生看起來比平常狼狽，可是他的襯衫一點皺紋也沒有。

「辛苦了。」當她不知道該回應什麼的時候，她就這樣說。聽久了，對方也會識趣地轉換話題。

羅先生今晚應該是真的太疲倦了，看起來比平時顯得焦躁許多，坐在椅子上的身體不安地扭動：「來看個電視好了。」他拿起遙控器，沒想到一按下去，就和西裝筆挺的自己面對面。

那一瞬間，她忍不住替這個男人感到難過。她趕緊拿起紙巾擦嘴：「不吃了。」

「嗯？」

「我想吃別的東西。」

○

春睜開雙眼，覺得迷惑。這裏是什麼地方？對了，她想起來了。

撿到抓抓的第一個晚上，在歷經了風暴式的家庭革命過後，媽媽勉為其難答應她可以「暫時」將小貓放在前陽臺。她當然不放心，等確定父母親都熟睡後，躡手躡腳走出房門。

「對不起，我來晚了。」她低下身子輕聲呼喚小貓咪。牠仍蜷縮在紙箱的角落，但並沒有在睡。

牠的藍色眼瞳直直凝視著她，沒有發出任何聲音，彷彿已經預知命運。

「對不起。」她將小貓舉起，湊近自己的臉。小貓一點都沒有反抗的動作，鼻頭乾巴巴的。她試著把臉埋進貓的肚子，她聽見奇異的聲音。

咕嚕。咕嚕。咕嚕。

就著微弱的街燈燈光，她看到貓逐漸抽長身子，長出人的手腳。她並不驚訝，靜靜看著那隻小貓蛻變成一個少年的樣子。

「你是傳說中的怪物嗎？」她輕聲問。

沒有回應。令人安心的寂靜壟罩著他們。少年向她伸出手，她立刻就明白了。

不知何時，整座城市的燈火都熄滅下來。在伸手不見五指的黑暗中，少年與春彼此擁抱。

原來貓的體溫比人類高。好溫暖啊，她想。她願意永遠和他在一起。

她睜開眼睛，腦袋昏沉沉的，花了一段時間，才搞清楚這裏是什麼地方。她試圖起身，發現自己坐在水裏。

她轉身看向睡在她身旁的羅先生，沒想到他也睜著眼睛。
「怎麼了嗎？」他的語氣十分平靜，他的問句不是真的問句。
她拉開羅先生身上的被單。這是第一次，她感覺到體內的糖果正在融化。
她在打烊的兒童樂園裏，一個人騎旋轉木馬。沒有任何大人在偷看，她可以隨心所欲的玩，玩到想吐為止。
「這樣子我會受不了。」羅先生的聲音變得遙遠而虛幻。
「沒關係。」

○

親愛的詹姆士上校：

自從你告訴我關於那個小屋裏發生的事情後，所謂的食慾，還有睡眠，逐漸回到了我的身體之中。

真奇妙，是嗎？

讀完你的故事，我倒頭就睡，醒來的時候，已經過了五個小時。

這段期間，我異常平靜地沒有做任何夢。

或許，你比我更適合做一個說故事的人。

你確實適合寫作，那個甜美的女孩是對的，她沒有看錯人。

我不在乎你的欺瞞對她造成多大的傷害。畢竟你迷戀過她，這樣就夠了。

我喜歡和你分享祕密的感覺，這件往事越是使你羞愧，我越快樂。

我必須解釋一下：為何我不可能接受真實的自己？

我不認為自己愛著那些和我約會的男人，相反的，他們愛我。

這樣的交換，實在不公平……

他們只是從我這裏拿走了一些時間。長則一個晚上，短則十五分鐘。
有些時候，他們會提出一些令人難受的要求，但我只需要忍耐一下。
如果真的受不了，用小腿勾住他們的屁股——通常十分有效。

在約會的過程中，唯一必須遵守的原則，就是對看見、聽到的任何事保持沉默。

他們給予我的是安全的生活。
那是一個「家」，由來自不同男人的贈予拼拼湊湊，最終成為一個可以躲雨的地方。

當然在這個世界上，我還有血緣上的「家人」。
他們都活著，我也努力讓他們相信我還活著。
但這些事情，我甚至沒有讓我的貓知道。

所謂的社會，是一座巨大的烤箱。而所謂的「神」是個烘焙師，將所有人類的靈魂，分批裝進不同的模具。調好所有的設定之後，祂就離開了。

祂沒有再回來看過我們一眼。

溫度逐漸升高，我拼命想逃出烤箱，結果成了飛濺出去的那一滴。還來不及成形，只剩下焦黑的團塊。

與那些男朋友們約會的時候，我睡得比平常更不安穩，同時害怕自己的不安驚動到他們。

然而，大多數時候，他們只是背對著我，發出穩定的鼾聲。

我和我的男友們過夜時，總是背對彼此。

上校，我這麼說你恐怕會覺得詭異：當我在偷偷觀察他們熟睡的背影時，我更相信他們愛我。

就像我愛抓抓，連牠的衰老也愛。

很多時候，男友們會比預定的時間更早離開，因為他們還有很多事要處理、很多人要見——例如妻子、孩子和同事。

他們大部分信仰金錢。而我，一個不稱職的女友，如此輕易分得一部分他們想盡辦法搞到的錢。

雖然我從他們身上拿到的錢不是很多，至少不足以讓我搬進一棟可以養黃金獵犬的房子。

在每個星期幾小時的戀愛中，我負責做一個安靜的伴侶。

沒有安排約會的時候，我的日常就只是枯坐在咖啡廳，等待靈感從天而降。

我以為終有一天，我能寫下一些故事。

在收到你的信之前，我只是一日一日看著自己變老。我無計可施。

我常常待在一間名叫「凱瑟琳」的咖啡廳寫信給你。

現在，我就在這間店裏。我注意到有個從未見過的男孩，坐在我平常習慣待的位置上，專心讀著《老人與海》。

這個畫面有些詭異，我也說不上來出錯的是什麼地方。

或許是因為那本書比他老得太多，看起來像是他的爺爺。

也或許是因為他長得好看。

我不相信長得太好看的人。

我相信你。

她深深吸一口氣，按下了「送出」鍵。

一切到此結束了。她想。這原本可以是一個很好的故事，此刻被她腰斬了。

整間店開始搖晃，腳下的地板成了波浪。「地震了。」她轉頭看四週，附近的男孩保持著原本的姿勢。那本該是她的座位。她看到窗邊擺著一個深綠色的小盆栽。

好奇怪，她想不起來自己看過那種顏色的葉子，好沉重的綠，她的鼻子被捏住了，一股強烈的飢餓感湧上：「現在就需要食物。」

怪物在衝撞她好不容易鎖住的籠子。

「……拜託……」她咬著嘴唇，希望絡腮鬍男人快點現身：「給我一杯水，不對，一個蛋糕、一片餅乾，隨便都可以。快點。」

絡腮鬍男人沒有現身，磨豆機運轉的聲音越來越大聲。「拜託，」她轉過身，對著座位上正在讀《老人與海》的男孩子求救：「幫我……」

那男孩從書中抬起頭，用充滿戒心的眼神打量著她。他只露出半張臉，便足以讓春確定這男孩不值得信賴。但她沒有選擇：「請你幫我……」

「人是不會輕易死掉的。」她聽見小鹿的聲音，彷彿此刻她就在春的身旁，彷彿她一直都在。

春幾乎聞到小鹿臉上的味道。她仍相信，那一晚小鹿在她失去意識時親吻了她。為了記好那柔軟而濕潤的嘴唇觸感，她在約會時，盡量避免和男人接吻。

「要幫妳叫救護車嗎？」男孩子的嘴唇一開一合。他的手離她的臉很近。

「不要。」她別過頭，試著撐起身體，虛弱地說：「不要叫救護車，我最討厭醫院……」

她還沒把一句話好好講完，她的怪物先撞破了牢籠。

她噙著淚水，在一地混著血絲的黃褐色殘渣中，看到一團結塊的貓毛。

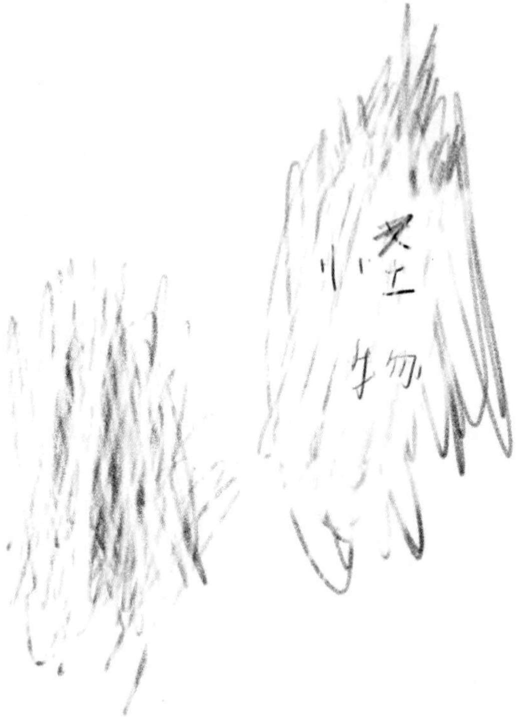
怪物

回到房間，春將衣服脫掉，鬆開胸罩。緊綳了好久的肩膀，直到這一刻才真正放鬆下來。

她走到浴室，打開熱水，然後又回到客廳。她打開桌上的玻璃罐，裏面裝滿吃了不會蛀牙的糖果。

粉紅色的糖果會讓心跳的速度慢下來；綠色的糖果必須閉著氣快速吞進去，否則從舌尖到喉頭都會苦苦的；一顆白色的糖果，可以讓她快速進入夢鄉，一顆半的話，也許可以讓她做個比較柔軟的夢。

「當然，我們最終的目標是減少對這些東西的依賴。」醫生邊對著電腦打字邊自言自語。春有時覺得醫生其實是在寫一部關於她的小說。

含著半顆白色的糖果，再跳進浴缸好好泡個熱水澡——她已經想不起來，這樣的習慣，是從什麼時候開始養成的。她一直期待著，有一天能在浴缸裏真正睡去。最好睜開眼的時候，天已經亮了。

可惜，一次都沒有成功。她還是和平常一樣，裸著身子搖搖晃晃走出浴室。水痕沿著她的腳步一路延伸到床邊。她太疲倦了。連舉起吹風機的力氣都沒有。

有股巨大的狂風，把她捲進深沉的睡眠。

那是一個沒有任何光的深井，井底塞滿蓬鬆溫暖的棉絮。
她就這樣無聲無息地下墜。

○

親愛的詹姆士上校：

你是個擅長收拾行李的人嗎？

我不是。

「移動」對我來說，某種程度上是勞心又傷神的事。因為我總是必須先捨棄某些東西，才有可能往下一個地方前進。

做選擇的時候，比平常更清楚感覺到：我一無所有。

此刻，我正在一間飯店裏寫信給你。接下來，我可能會在這裏住上一段日子——即便我還不太清楚，這一切究竟是怎麼一回事。

就在昨天夜裏，其中一個男友突然打電話給我。他說話的速度比平常慢了許多，語氣謹慎。在那之中我聽見一種大人的不安。

他只是要我什麼都別問，暫時離開我現在居住的地方，到他替我安排的飯店待上一段時間。當然，金錢的部分我不必擔心。

一切是那麼的臨時，我只帶了兩套換洗衣物、手機和筆記型電腦。在櫃檯辦理入住手續時，沒有任何人用奇怪的眼神打量我。在飯店工作的人，一定見過太多不可思議的事。相較之下，我與我單薄的行李根本微不足道。

寄出這封信後，我要好好沖個熱水澡。

你親愛的春

○

妮娜扭開水龍頭，讓水嘩啦嘩啦流進桶子。等八分滿了，再倒一點消毒水進去。「兩公升清水，要配四個瓶蓋的量……」她聚精會神研究著包裝上面的使用說明。

星期四。可以預料今天下午不會有任何人進來凱瑟琳咖啡店，之後，也不會有。她提起水桶，用抹布把看得到的角落都輕輕擦拭一遍。

擦到洗手間裏的鏡子時，她停下動作。

一張陌生的臉，出現在她面前。

那毫無疑問是張端正的女性的臉，也許說不上艷麗，但如果是從前的她，在路上看到的話，一定會多留意兩眼。

她舉起右手，鏡子裏的女人也舉起她的右手；她擠出一個尷尬的笑，那女人同時露出牙齒。

她闔上雙唇，鏡子裏的女人終於面無表情。

從前的她，面無表情的話，就只是難看。

終於可以不用一直笑臉迎人了。她想。

女人的眼底有塊白霧。她忍不住用指甲去摳女人的眼珠。明明之前上班時每天都有細心清理的。她居然請假了那麼久，久得讓鏡子長出一塊頑固的水垢。

她的眼睛一度腫脹到無法睜開，只能半臥著冰敷發熱的傷口，一邊用手機播放新聞：消息宣布了、情報解除了、事態又惡化了、數字下降，然後又上升。

這一切只是按照早就寫好的劇本在演。她像平常一樣用手搓洗每一件衣服，晾乾後上頭有淡淡的血跡。

那是她的歷史。她把洗不乾淨的衣服摺好放進紙袋，一鼓作氣丟進舊衣回收箱。她不知道那些衣服最終會到哪裏去，就和她爸爸一樣。

等到她終於可以不用戴著口罩遮遮掩掩，城市裏的人已全戴上了口罩。更多人選擇關在家裏足不出戶，或許纖細的兔子女孩也是其中之一。她重新回到咖啡廳開始工作一段時間，仍沒見到女孩子。

有時候她會莫名其妙想起那一天，女孩子一個人提著包包站在咖啡店門口的畫面。

她嘆口氣，走進儲藏室尋找清潔劑和手套。她在成堆的紙箱中埋頭翻找，一隻蟑螂突然竄出來，接著是兩隻、三隻然後更多。

「啊！」她吃了一驚，身體往後倒撞到櫃子，堆在上面的雜物全部掉下來。

她整個人跌坐在地上，腳都軟了。過了好一陣子才回過神，發現臉上都是淚水。

她揉揉眼睛，才看清楚腳邊散落一地的咖啡豆。

像從公主脖子上扯下來的珍珠，每一顆豆子都散發著優雅的光澤。濃烈的香氣衝入她的鼻腔。

即便在昏暗的儲藏室中，她也能立刻知道，這是她見過最完美的咖啡豆。從形狀、氣味到色澤，都是一等一的極品。

「是誰把這些東西放在這裏？」她忍不住大聲質問，她的聲音在發抖。

沒有人回答她。

大家都不出門了，外送服務成為快速賺錢的最佳手段。阿神沒有放過這個機會，他幾乎不需要看地圖導航，他是那麼熟悉每一條街道。

錢進來得很快，阿神決定繼續租下大熊的房間。他把椰子床墊放在大熊留下來的床架上，自己躺地板睡。

工作太累了，以至於累到什麼都無法想。他從未如此滿意生活，沒有惡夢。難得有空檔休息的時候，他會去斑斑家，一進門就脫光衣服鑽進被窩。

斑斑望著他，臉色蒼白：「剩下這些，就是全部了。」

「真的。」她又補了一句，眼神很悲哀。

「沒事的。」阿神試著握住她的手，像是在安慰她。想對人親切的時候，他還是可以很親切的。

「你的手好冰。」斑斑把手抽開。

○

親愛的詹姆士上校：

你過得好嗎？

一陣子沒有收到你的回信。

現在換我開始擔心，自己是否不小心惹你生氣。

曾經我強烈希望末日到來，因為我是那麼討厭這個充滿規則的世界。

我不知道，是不是神終於聽見了我的祈禱？

有一些改變確實在發生，微小但切實地。

我感覺得到一種叫做「恐懼」的東西，在我生活的城市蔓延開來。

我不明白，其他人為什麼至今才顯現出慌張的樣子：他們疑心生病、害怕失去珍貴的事物。

我不明白。

怪物一直都埋伏在夜晚，它只是終於想在白天出來透氣。

怪物擁有自由。它也會想念它的童年。

就只是這樣而已。

希望你那邊一切都好。

你親愛的春

旅館房間的電話響了，春從床上跳起來：「喂喂？」

她也不明白，自己為何反應這麼大。

「有一位先生要找您。他姓……」

「是我的訪客。」她急忙打斷電話那頭的服務人員：「我現在就下去接他。」

一步出電梯口，她馬上看見靠在櫃檯旁邊的高瘦身影。小鹿拉著一個黑色的行李箱，黑色連身裙外頭，套著皺巴巴的黑色及膝罩衫。

「好熱。」一走進電梯裏，小鹿立刻拉下黑色口罩，用手搧風。看見小鹿的臉，她才真正放下心來。

「妳有沒有好好吃飯？」小鹿捏捏她的手臂：「又變瘦了。」

八樓到了。小鹿拉著春的手走出電梯。好像春才是訪客。「……好奇怪的味道。他們是不是在消毒水裏加了肉桂粉？」

春笑了。會這樣說話的人，是她認識的小鹿沒錯。她加快腳步趕上小鹿，拿出感應房卡開門。

「哦……」小鹿站在房門口，東張西望：「外面看起來蠻老氣的，裏頭的裝潢，倒是還可以……」

「好像聽飯店的人說才重新整修過。去年……？還是前年。」春試著回憶。

「然後就遇到這種時期。」小鹿聳聳肩：「真是倒楣。」

「哪種時期？」她接過小鹿的外套，掛在衣帽架上。她喜歡這種感覺。

「妳沒看新聞？」小鹿將行李箱攤在地上：「現在根本沒人敢出門。」

「這些是做什麼的？」她看著小鹿從行李箱中拿出一只白色的手沖壺和幾個藥罐。

「哦。這個手沖壺是用來煮開水的，妳等一下。」小鹿又拿出一條延長線和一個底座，「等到這個燈變暗了，就可以喝。不過要放涼……」她認真地指著底座上頭小巧的顯示鍵解釋著。

「我當然知道。」春笑著問：「可是，為什麼……？」

「飯店的快煮壺很髒。」小鹿正色：「妳永遠不會知道以前住過這間房的人，用那個煮過什麼鬼東西。」

「退房的時候，都消毒過了吧？」

「天底下哪有那麼簡單的事情？」小鹿提高音量，一邊把藥罐排好：「還有，這些維他命和營養劑……最大的這一罐，是綜合型的。妳如果太懶或記不清楚了，直接吃這個就好，早晚各一顆。這罐紫色的是鐵劑，妳貧血……」

「……為什麼要帶這些東西給我？」她忍不住打斷小鹿。

「我擔心妳。」小鹿盯著春，臉部表情僵硬。她的眼睛在發光。有一瞬間，春相信小鹿幾乎要哭出來了，但那只是錯覺。

「妳不可以在這時候死掉。」小鹿說。

「死沒有那麼容易的啊。」她忍不住笑出來。這不是妳教我的嗎？她想說，但沒有開口。

「妳不可以在這時候死掉。」小鹿深深吸了一口氣。

她在小鹿的眼裏，看見鋒利的刀子。

所有的椅子都被倒過來放在桌上。看起來不知道哪一邊是頭，哪一邊是腳。

妮娜走進洗手間，將清潔手套和圍裙依序脫下。鏡子裏的女人還在注視她。她不甘示弱，走上前去捧住女人的臉。

她雙手捧住自己的臉。這個女人擁有深刻的雙眼皮，秀氣的鼻子和薄薄的嘴唇。這張臉不需要濃妝，只要稍微塗點唇蜜，畫上眼線，再拍一點腮紅就會很迷人。

她對著鏡子側身四十五度，在腦海中自動將她和小愛的側臉重疊。

是我贏了。她希望自己可以這樣想；那個女人所擁有的東西，是與生俱來的。至於我現在的這張臉，是我花了好多錢、忍受了痛楚才爭取來的。

她甚至連爸爸都丟掉了。

爸爸。如果在未來的某一天，他們在路上相遇，他還認得出最疼愛的小女兒嗎？

她打開水龍頭，大力用冷水潑臉。她一點也不覺得冷，她的手術早就結束了。

○

已經很晚了，阿神仍然在路上跑著外送。他按照規定戴著護目鏡和口罩，將一桶家庭號炸雞和一大瓶可樂，放在指定的門牌下方。

「喂，外送到了——」門內傳出一個男人的聲音。不是在跟他說話。

「謝謝你。」另外一個女人隔著門說，夾雜著小孩子嘻鬧的聲音。

阿神站在門外，一度不想離開。他很好奇，一個會在凌晨叫炸雞和可樂的家庭，長什麼樣子。

他想起媽媽。在爸爸消失之前，他只有月考每科都考滿分的時候，才可以吃點薯條或是蛋捲冰淇淋。有一次英文比賽拿了全學年第一名，連隔壁班的同學都在討論。那天媽媽終於帶他去速食店，還特別梳了新的髮型，看起來比平常有精神許多。

「What is this?」媽媽指著漢堡。

「Hamburger.」阿神極力模仿英文老師的發音。

「Good.」。媽媽笑了。

如果可以一直看到媽媽的笑容，要我一輩子說陌生的語言也沒關係。阿神一邊拿薯條沾番茄醬，一邊許下他小小的心願。

「你要替我爭氣。」媽媽的臉靠得很近，阿神可以聞到酒氣。媽媽在笑，但是眼睛往下垂，好像有雙看不見的手，在黑暗中幫媽媽做鬼臉。

「我只剩下你了。」媽媽抓住阿神的手，但沒有倒進他的懷裏。阿神暗自鬆一口氣，他不想穿上沾了鼻涕的制服去學校。

「你要考上好學校，你一定要考上好學校。」媽媽把他的手臂抓得一條一條紅紅的。

他豁出去準備大大小小的考試，如願以償上了媽媽口中的第一志願。媽媽流著眼淚，跪在神像前，還拉著陳叔叔一起。他對眼前的景象感到困惑，媽媽該感謝衝刺班老師才對，前幾天發的模擬試卷，真的猜到了幾題。

升上好的高中，他面臨前所未有的壓力。他從來沒想到，世上原來有這麼多反應比他快、念書又比他勤奮的人。媽媽比阿神更害怕了，不知道從哪裏求來許多奇奇怪怪的籤和燒過符紙的水。阿神勉為其難喝了一小口，舔舔嘴唇。

他快吐了。

○

「妳有沒有想過……生下來？」小鹿問。

「什麼？」春睜大眼睛：「我聽不懂。」

「妳沒有想過嗎？」

「我聽不懂。」她沒意識到自己剛才已經講過同樣的話。

小鹿瞇起眼睛，靜靜地打量她。在午後的光線中，小鹿的眼睛因為空氣中的浮塵而模糊。

「我有沒有跟妳說過，我做過一個夢。」過了好久以後，春終於開了口。

「什麼夢？」小鹿迷惑地望著她，視線越過她的肩膀。春知道小鹿根本不感興趣。

「當我沒提。」春伸了一個大大的懶腰，然後靠著床腳整個人縮成一團，將臉埋進雙腿間：「……如果妳是假的，該有多好。」

「我也希望是這樣。」小鹿的聲音變得很遠。

她沒有回話。她在等著小鹿繼續說下去。她希望小鹿能夠主動發現她在等待一個道歉。

等待的時間是如此漫長，她一度以為自己等到睡著了。但她並沒有如願睡著，只是和小鹿抱著彼此，掉進一座狹窄的井裏。

不知道是誰，貼心地為她們兩人在井底準備了食物、飲水和羽毛被。「是檸檬口味的氣泡水耶……」她望著眼前的小鹿，臉頰紅通通的。

她在心底默默許了一個願：永遠、永遠都不要有任何人發現這口井。

當她睜開眼睛時，小鹿還坐在她對面，保持原本的姿勢。不知何時太陽已經下山了。在沒有開燈的房間裏，她仍然看得見小鹿的臉。

「我……」小鹿試圖張嘴。

春摀住耳朵。當然，她還是聽得見。

「我……可不可以在這裏洗個澡再走，」小鹿清清喉嚨：「我……」

「因為妳好臭。」春說。

親愛的春：

我很遺憾關於你的城市。聽起來，像是一場災難。

雖然我什麼都不知道，或許我不便發表意見，但我可以告訴你，人類將為了假裝什麼事情都沒有發生，付出極大的代價。

無論是過去、現在，還有未來。同樣的事情一再發生。

你不害怕，是不是？因為你是個小說家，這是你的機會。

不需要排斥你空氣中的恐懼，厄內斯特・海明威說過：死亡是極端殘忍的事，任何人都有可能死於沒有煮滾的開水、沒有綁好鞋帶的防蚊軍靴。

對於我，一個屬於聯合國維和部隊的軍人，在下一秒死於百事可樂瓶裝炸彈，或是三十年後在浴室跌倒，都一樣。地雷，病毒，或是該死的史蒂芬・霍金，開記者會宣布他掌握上帝不存在的證據，都足以殺死我。

女孩，你不會死。別忘了，你才二十七歲。

你親愛的詹姆士上校

○

床頭的電話又響起來。

春好不容易才從床上爬起來，迷迷糊糊地拿起話筒：「什麼事？」

「由於緊急停電的緣故，請您務必待在房間裏面。在電力恢復之前，千萬不要搭乘電梯……」聽得出來，話筒另一端的工作人員很慌亂。

「好。」她掛上電話，打了一個好大的呵欠。她不知道現在幾點了，甚至不太確定自己是什麼時候睡著的。

她站起來伸懶腰，拉開窗簾，外面和房裏一樣黑。

白天的時候，可以從窗戶清楚看到對面的大樓，蓋得比飯店更高，完全擋住了後面的山景。

當初飯店剛蓋好的時候，從這裏看出去肯定不是這樣的。她想。很久以前，這應該是一棟意氣風發的建築物。八〇五號房裏，肯定也住過王子或公主。

那些人，後來都到哪去了？

她注意到對面的大樓有扇窗戶亮著燈，在一片漆黑中，孤伶伶發著微弱的黃光。

她將窗簾重新拉上，在一片黑暗中尋找手機。好不容易摸到了，才發覺手機沒電。她嘆口氣，又從衣櫃裏面翻出一支緊急用的手電筒。

光來了。

她拉開椅子，在靠窗的大書桌前坐下。她謹慎拉開抽屜，裏面放有印了飯店名字的信紙和原子筆。

她完全想不起來上次親手握筆寫信，是多久前的事了。

就著手電筒的光，她試著在信紙上寫下一些字。

如果能在這個房裏寫出一個故事，第一個就要給詹姆士上校讀。她想。

咖啡店的門被推開了。妮娜連頭都沒有抬。這個時間，八成是那個奇怪的兔子女孩吧。

「歡迎光臨——」她高聲喊。她喜歡自己的聲音。她希望兔子女孩也能因為她的熱情，稍微打起精神點。

走進來的不是兔子女孩，是小愛。

她愣在原地。

她確實沒有親眼見過小愛本人，雖然她已經幻想了這一刻無數次。

真的是她。身材嬌小，瘦得不得了。和網路上的照片一樣，她擁有一雙會笑的眼睛，她是在展示櫥窗中舔舐腳掌的暹羅貓。

「這家店的名字很奇怪，」小愛微笑，轉頭跟身旁的男人交頭接耳。她說話的聲音很小，每一個字妮娜都聽到了。

「不過店裏賣的甜點，味道還不錯。」小愛說。

他們的車子就停在店門口。妮娜不懂車，但她相信那必定是一台昂貴的進口車。至少，她從來沒有在路上見到過顏色像頑皮豹的敞篷跑車。

「小姐，」小愛看向她：「請問妳們家今天有什麼甜點？」

「啊，」妮娜趕緊用圍裙抹抹手。「請……稍等一下。」她三步併作兩步逃進廚房。「請等一下。」她對著外面放聲喊，同時打開冷藏櫃。

一股腐敗的臭味飄散出來，是誰拔掉冷藏櫃的電源？裏面的食物都餿掉了。妮娜只感覺背脊一陣涼意。

「等一下、再等我一下。」她開始無意義的胡言亂語。

外面傳來男女的談笑聲。

斗大的汗珠從額頭滴下來。完蛋了，前額的瀏海這下一定糾成一條一條的，絕對不要在這種時候出去。

她聽到腳步聲由遠而近。不，不要現在進來。她在心底求饒。

她轉身，看到一隻兇猛的德國狼犬站在廚房門口。

狗的眼裏都是血絲，口水沿著白森森的尖牙滴到地上。黑色的大鼻子輕輕顫動著，像是在做某個重大的決定。

「拜託，不要這樣……」她將聲音放到最輕、最軟，用哄嬰兒的語氣，小小聲地哀求：「我不會、我發誓不會傷害你……」

突然傳出一聲巨大的槍響，那隻狼犬應聲倒地。一切都發生得太快，但是她看到了，看得一清二楚。

有顆子彈穿過狗的頭，腦漿和血噴濺一地。

拿著槍的男人走進來，是個留了絡腮鬍的男人，身材壯碩。

她被自己的尖叫聲驚醒，睜開眼睛，發現天花板的燈亮著。

咖啡店歇業前的大掃除，對她來說，還是太累了。她大概是一回到家，就倒在床上，她想。身上還穿著白天的衣服。「糟糕。」她走進浴室，把衣服全部脫掉。

鏡子裏的女人全身赤裸，一臉疲憊與她對視。

她不明白為什麼又夢到從前的事。她以為自己早就忘記了，自從他離開這間屋子以後。

他是她的初戀。但她沒有因為他的離開掉任何一滴眼淚。她太忙了，忙著全心全意地恨另外一個素昧平生的女人。

她始終相信：如果沒有那個女人，她不會那麼快從失戀的痛苦中復原。是那個陌生女人，在她最絕望的時候，伸手拉了她一把。

小愛和這座城市的天氣一樣難以預測，阿神開始習慣隨身帶傘。

他始終相信，自己對她是獨一無二的，否則，她不會用那麼大的力氣擁抱他。每次想到，阿神都忍不住倒抽一口氣——她的身軀那麼嬌小，擁抱他時，完全是個溺水的孩子。

「我吸不到氣。」她的眼睛裏都是水光。

他的不安沒有出口，他在入夜後的校園裏四處閒晃，試圖打開每一間教室的門：「對不起。」他不只一次對著黑暗中亂了手腳的影子們鞠躬，同時往後退好幾步。

他不清楚自己在找尋什麼，也不明白為何要拚了命對空氣道歉。

知道自己被退學的那天，他發誓必定得比學校寄出的通知更早一步抵達家門。他好久沒有跑得那麼快，把一切都拋在後頭。他暗自希望自己心臟有問題，就這樣倒在路上再也起不來。

他平安回到家，氣喘吁吁地站在門口，才發現他家根本沒有裝門鈴。他踮起腳尖，想在門牌上方的八卦鏡中，確認一下自己的表情。

陳叔叔幫他開了門：「怎麼要回來，也不先說一聲？」

他低身脫鞋，當作沒聽到。

媽媽坐在電視機前。不是被湖中女神偷換過的媽媽，也不是在床邊撫摸他的臉，流著淚滿身酒氣的媽媽。

媽媽就是媽媽。曾經親自開著車送他去鋼琴教室、網球場、書法老師家的女人。電視螢幕上的法師，正在講述著關於愛的道理。法師說話的語調實在太慢了，阿神一度以為是第四台的訊號不良。

印著媽媽名字的信封放在桌上，他只好跟著坐下來，挨著媽媽一起看電視。

他從未感覺母子如此親近——即便是爸爸還在的時候，也不曾這樣過。

法師看起來年紀很大，比所有阿神認識的人都還要老。或許那些看起來接近過神、談論寬恕與良知的大師們，都是天上的星星。當普通人好不容易看到他們的光芒時，他們早就死了。

「媽——」他試著張開嘴的瞬間，覺得自己像第一次喊出「媽媽」的嬰孩。

媽媽轉頭看向他，嘴唇微啟。她接下來說出口的話，讓他一輩子都無法原諒。

「沒關係。」媽媽的表情十分平靜。阿神見過她這樣的臉。還住在家裏的時候，他偶爾會陪媽媽去超市買菜。他早就注意到媽媽有一個特別的習慣。她總會將肉品從冷藏貨架上拿下來，仔細端詳上頭的油花。

那個瞬間，媽媽的臉看起來就像是一個他不認識的陌生人。一個沒有在想任何事情的女人。

「你已經長大了。想做什麼事情，就去做吧。」媽媽說。

○

親愛的詹姆士上校：

是的。我確實不害怕。我有一個朋友總說：「人不會那麼輕易死去。」

她是我最親密的朋友，但我覺得她已經死了……

我不知道，是什麼東西殺了她。

這裏的狀況，似乎正在漸漸失控——至少，比我當初想像的再快些。不過，請你不用擔心我。

此刻，我正住在一間古典而優雅的飯店之中。從斑駁的外牆，可以猜測她曾經非常受歡迎，但她確實被人群給遺忘。

我住在八〇五號房。我本來應該擁有一扇面對群山的窗戶，然而這一切被前面蓋得更高的住宅所剝奪。

我無所謂，但我替八〇五號房感到難過。

從我的房間，可以看到對面大樓的窗戶和陽臺。當天色慢慢暗下來，人們就趕緊點亮屋內的燈。有時候，我會看見一些人走出來晾衣服、抽菸、澆花，或是什麼都不做。

我們可以看見彼此的動作，但看不清楚對方的相貌。這樣的距離，使我覺得很安全。

房間裏面擺了台電視，就在雙人床的正前方。我平常對電視一點興趣也沒有，因為裏面的人。總是在討論數字。

多希望誰來把電視搬走——好幾次，我幾乎要拿起床頭的電話，請旅館的人來幫忙。

我沒有這樣做。我想到的是，也許有天我會在電視上看到你，也許。如果那些少年對你投擲所謂的百事可樂炸彈的話……

如果真的有那麼一天，我答應你，我一定會把我們的故事寫下來，證明你存在過。

你親愛的春

P.S. 請你務必將開水煮滾後再喝，也要注意煮水的壺子。因為你永遠不會知道，上一個使用的人，把什麼鬼東西塞進去過。

妮娜去超市採買東西的時候，遇到了小愛。

她腦中「轟」的一聲，全然空白了。她站在原地，沒有辦法動彈。

這一天，早已經在她腦海中推演了無數次。這一次，是真的了。

迎面走過來的女人，套著一件長度到膝蓋的鵝黃色洋裝，看不出腰身。她手裏提著一個皺巴巴的購物袋，她的臉色蠟黃、毛孔粗糙，看起來像是剛起床。

小愛在堆滿沖泡飲品的貨架前停下腳步，猶豫了很久。

妮娜真希望此刻前男友也在場。她小心翼翼往前移動了幾步，她的女神就在眼前了。本人看起來比照片更嬌小得多，妮娜看得見她頭頂冒出的幾根白髮。

過了三分鐘，或五分鐘，小愛終於從貨架上拿了一包大賣場品牌的三合一咖啡。「……妳又一次拿那麼多，」一個頭髮微禿的中年男子走近，推著疊滿蔬果和肉品的推車：「好像我們真的會在家裏乖乖躲一個月一樣……」

男人沒有責怪的意思。

妮娜沒有想過，這女人的真實面貌是這樣的。她有想過嗎？她問自己：一個女人，要如何同時妖豔，又叫人覺得可憐？

妮娜回憶起自己為這女人做過的事。她曾經把所有能夠在網路上找到的女人照片，包括從女人朋友那裏搜尋到的合照，全部拿到影印店輸出，加了防水膜後貼在浴室牆上，一邊將手指伸進喉嚨裏，一邊抬頭看著女人微笑。

妮娜有本事把女人在照片中穿的衣服一件一件找出來；她學會了以圖搜圖，如果真的山窮水盡，就想辦法在購物網站輸入所有可以聯想到的關鍵字：「花瓣領」、「泡泡袖」、「復古格紋」。

妮娜買了一個行動式的展示衣櫃，將女人身上那些顏色大膽的洋裝一件件掛上。她一直期待著，把自己套進去的那天。

那樣才是理想的人生、理想的活法。

然而，妮娜現在明白了。她永遠不可能從眼前這個女人帶來的詛咒中解脫。一點點都不可能、到死為止都不會。

她太美了。她的美是天生的。

妮娜走向前，輕輕拍了小愛的肩頭。小愛立刻轉過身，用充滿警戒的銳利眼神看她。

「小姐，」妮娜倒抽一口氣，壓抑著顫抖的衝動：「這裏是公共場合，麻煩妳把口罩戴上。」

○

已經很晚了。阿神把摩托車停在馬路旁邊，隨便找張擺在店家門口的板凳坐下。

風有點大，一張紙被吹到他腳下。他撿起來，藉著路燈的光看清楚上面的字。

暫時歇業。

這個時代，不容易看到有人用毛筆寫字了，大大的紅字線條溫潤厚實。寫字的人，應該練過很長一段時間的書法。阿神心想。

他把頭往店家的玻璃門靠，閉上雙眼。他明明知道菸早就抽完了，手依然往口袋裏掏。空的。他凝視自己的掌心。不夠亮，看不到任何紋路。

他蹲下，開始一一嗅聞放在牆邊的盆栽。他不在乎監視器，監視器根本抓不到他。從來沒有人會相信他是個罪犯——為此，他痛苦到不知如何是好。

他認出其中一盆是薄荷、另一盆是迷迭香。

他一時想不起來，自己什麼時候學過這些關於植物的知識。他蹲得更低一點，他的臉幾乎要碰到柏油路面。他聽得見這些小小的枝葉在交頭接耳，你一言我一語的。

好快樂的聲音。雖然他不懂植物的語言。他衷心感激在這樣的夜裏，還有這些孩子願意陪他。

有冰涼的東西打中他的頭，嚇了他一大跳。抬頭一看，是水從屋簷滴下來。

明明沒有下雨。

他拍拍褲子上的泥土，站起身，才注意到對面有隻狗在屋簷下睡覺。

那條狗看上去很瘦，肚腹的位置裹了一圈白色的東西。阿神走近一看，是尿布。

狗想必很老了，睡覺的時候發出奇異的咕嚕聲。牠的身體起伏得好快。牠要死了，阿神心想。

他彈了彈舌頭，喚醒老狗。牠緩慢地睜開眼睛，困惑地望著眼前的人類。牠的眼裏都是水。他摸摸狗的頭，老狗也就輕輕搖了一下尾巴，毛都快禿光了。

他隨手拾起地上的易開罐，往老狗的肚子用力一砸。

那條狗發出微弱的哀嚎，夾著牠破碎的尾巴，一拐一拐地逃走。

他望著老狗緩慢消失在黑暗的街道中，一邊把鼻涕和眼淚舔進嘴裏。

好鹹。

我還活著。我的戰爭還沒結束。他對自己說。

○

親愛的春：

甜心，我很高興聽你談關於旅館，告訴我多一點。

它現在已經是你的房間。我說得對嗎？

我已太久沒造訪旅館，除了回國時候。

喀布爾河旁營火邊的軍用帳篷，是我目前能想像到最優雅的度假村。

我已忘記旅行為何物。

我必須要告訴你一個消息，天，我真感到遺憾。

部隊接到通知關於神學士政權的消息。我們的敵人，策畫一場祕密攻擊對我們，用炸彈或是其他，隨便。

小男孩們綁著炸彈，十歲或十四歲，我不知道。
我敢和你保證，他們之中的某些人沒有手淫過。

關於細節我不能透漏更多，即使對你。我的女孩。
這時我不喜歡我的身分，你明白？
但我即將開始移動，這是真的。
或許我離你越來越遠，或許相反。

在那之前，你不會死，是不是？
我們必須見上一面，因為你已經佔據我生活太多。
這是你的責任，甜心。
我是你的責任。你明白嗎？

你親愛的詹姆士上校

天 亮

白天，春努力讓自己保持清醒。即便她根本不清楚，在這種時期，過規律生活的必要性在哪。

她繼續住在八〇五號房。每天早上，大約九點半左右，會有人來敲門：「客房服務。」她打開房門，讓旅館員工們戴著口罩和護目鏡走進來，為她換床單、吸地板和刷浴缸。她看著這些完全陌生的人，替她把生活打理得優雅體面。

她想起爸爸和媽媽。

她侷促地站在房間門外，盡量不往裏面探頭。她疑心那些人看不起她，疑心自己看不起他們。

下午的時候，陽光會透過大片的落地窗灑進房裏——如果，那天天氣不錯的話。她會趴在窗邊的大書桌上休息。

自從那一封神祕的壞消息以後，她徹底失去了詹姆士上校的消息。她終於習慣隨時充滿手機電量，她每天檢查電子郵件信箱至少一百次。

親愛的詹姆士上校：

你好嗎？我不是很好。好一陣子，沒有收到關於你的任何消息。

我仍住在老旅店裏面的八樓。電梯旁邊，有一個提供客人坐著看報紙的地方，牆上掛了一幅《蒙娜麗莎的微笑》。

好奇怪。當初設計的人是怎麼想的？這一切都不合理極了。

房間裏有一個小冰箱，不是多厲害的冰箱，要塞進一個嬰兒還是可以的。

冰箱裏沒有嬰兒，有兩瓶礦泉水和兩罐易開罐可口可樂。冰箱上有個可愛的木箱，裏面有兩包二合一咖啡和兩袋白砂糖。

八〇五號房裏有按摩式的浴缸，雖然我住進這房間的時候，就已經壞了。洗手台上平整放置著兩人份的洗髮乳、沐浴精和潤絲精。

這房間大部分的用品都是為了關係親密的兩個人設想。感謝它原諒我一個人住進來。

我最喜歡的是窗戶旁邊的木頭辦公桌，時間在上頭留下了痕跡。拉開抽屜，裏面並排放著聖經和可蘭經。我第一眼看到這畫面時，想起了你。

上校，或許這裏就是我的戰地。我是指，八〇五號房。

我壓低身子躲在窗戶旁，窺探埋伏在對面大樓的敵軍。

值得注意的是，其中有一間房子，始終亮著燈光。無論我幾點醒來，那間房子的主人，都不曾關掉燈。

也許，他或她已經死了。

你親愛的春

○

親愛的詹姆士上校：

仍然沒有收到你的回信。

我這裏現在是凌晨三點十五分。我沒有睡，想著怪物的事情。

從很小的時候，我就開始失眠。

大人嚇我。他們說夜晚降臨以後，巨大的怪物會來到城市。它在窗戶與窗戶間巡邏，窺視透明玻璃中的小孩子，有沒有乖乖躺在床上睡覺。

我第一次聽到這個故事，哭得好傷心。那天晚上，我躺在安穩打著呼的爸爸和媽媽中間，害怕他們被我的哭泣聲吵醒。

我一直在想，如果整座城市的小孩子都睡熟了，可是，怪物只是想說說話呢？

怪物很可能沒有玩伴。尼斯湖水怪大部分時間都在水裏睡覺，大腳雪人住在太冷的地方。

從那晚起，我就學會了失眠。我常常刻意把頭對著窗戶的方向，睜著眼睛，希望寂寞的怪物能夠注意到我。

多希望有一天，能夠看到怪物的眼睛。

你親愛的春

○

她在假日中午醒來。她驚訝自己睡得這麼晚，發現家裏安靜得出奇。

「小貓不見了，」媽媽眼神哀傷：「……自己跑走的。」連忙補了一句。

她不顧媽媽的阻止，堅持出門找貓。她在日正當中的大馬路上跑個不停，一點頭緒都沒有。她好想放聲大喊：為什麼？為什麼要離開我？寧可回到那個陰暗潮濕的巷子，過著死神隨伺在側的日子，也不願留在我身邊嗎？

她這才想起還沒有替貓咪取名字。

她在附近的大排水溝停下腳步，她看到聚集在水邊的鳥群。

那個時候，她能夠叫得出名字的鳥，只有白鷺鷥和麻雀。她看見鳥群圍繞著一具小動物的屍體。

她甚至不確定那是屍骸還是垃圾。

她吃力地爬過柵欄。那是她第一次跨過那麼高的地方，她一點也不害怕。

她直直往前走，直到膝蓋以下全陷在散發惡臭的泥濘中。

該掉頭回家去，換雙雨鞋再過來？可是，媽媽會怎麼說呢？

小動物的屍體就在前面。再多走幾步，她伸手就可以碰到牠了。

貓咪的名字，就叫作抓抓。

手機發出好大的震動聲。她幾乎從床上跳起來，馬上抓起手機：

親愛的春小姐：

很抱歉，這麼久沒有回覆你。

你知道的，在我們長久的往來後，我已無法自拔地愛上你。

我向美國軍方提出離開要求，他們要我繳交一筆錢，作為離境保證金。
親愛的春小姐，你知道拋棄軍人身分十分困難，尤其是在這樣的時期。
但我已決定和你共度一生，沒有任何事可以阻止我。
前提是我要先離開這個地方。

如果你能幫忙匯款過來，我很快會去找你，到你的城市，當然，我們先見你的家人。

結婚手續辦妥後，我們到加州生活。
聖塔芭芭拉，你會喜歡那個地方。
如果住不習慣，我在科羅拉多州也有房子。
大草坪總讓我的黃金獵犬快樂。
牠是個聽話的大孩子，你會喜歡牠。
我保證你會過著幸福快樂的日子。

真正的上校被綁架了。她對自己說。

如果我有辦法幫助他就好了。不管「他們」是誰，想要從我這邊奪走什麼，都沒有關係。只要「真正的」詹姆士上校，能夠平安回來就好。

她在落地窗邊來回踱步，看著自己的影子忽短忽長。她握著手機，努力思索著能夠打電話求助的對象。

一些人的臉孔浮出來又沉下去。他們的鼻樑上長了青苔，顴骨長出白色的絨毛。他們散發著陰冷潮濕的霉味。

那些臉孔之中，她沒看到小鹿。

您的電話將轉接到語音信箱，如不留言，請掛斷。
您的電話將轉接到語音信箱，如不留言，請掛斷。
您的電話將轉接到語音信箱，如不留言，請掛斷。

「喂？」電話被接起了，是一個充滿怒意的女人聲音，尖銳沙啞：「妳是誰？」
她立刻掛掉電話。

○

親愛的詹姆士上校：

不知道現在情況如何？——我今天試著去銀行匯款，沒有成功。他們不相信我。即便他們戴著護目鏡和口罩，我也看得出來他們覺得我很奇怪。「我們有必要聯絡警察——」他們是這樣說的。

他們問我匯款給誰?重要的人。我說。你對我來說是重要的人，我不要用任何名字來稱呼你。你不需要名字也不需要身分。對吧?

後來我就離開銀行了。我不太想看到警察。關於這一點，我很抱歉。

希望你們理解並原諒。

希望你們再給我一點時間。拜託了。

春

寄出最後一封郵件後，春便進入了一種奇異的冬眠狀態。她無法進食、不想洗澡。她睡得越來越淺，但她一直在睡。

她不曾如此疲倦和虛弱，也不曾如此放鬆。床單的味道不再乾爽，她不讓任何人進來為她清理房間。她將「客房服務」的牌子翻到「請勿打擾」的那一面，然後把房門鎖上，鍊條扣緊。

誰都不要再打擾我了。她想。

她試著學習用光線和其他的線索判斷時間。她的手機就放在床頭，仍然在充電，但她不再主動檢查手機訊息。

白天，她仔細聆聽周圍的聲音。如果窗外有鳥的叫聲，那就是早上。但那些鳥是從哪裏飛來的？她不曾想過原來她所居住的城市裏有如此多鳥聚集著。她以為大部分的動物，都已經放棄這座被人類佔據的森林了。

下雨的日子，玻璃窗會蒙上一層霧氣。剛剛好的光度讓她安心，她仍看得到外面的景色，但沒辦法看得很清楚。

對面大樓的那個房間依然亮著。從她住進來這裏以後，主人沒有關過燈。

她有時候試著幻想那個人的外貌和生活方式。

其實，她並不真的相信屋主已經死了。那人很可能只是出門遠行時忘了把燈關上。也或者，他或她就只是害怕黑暗。

畢竟，人也沒有那麼容易死的，不是嗎？

那個房間的燈光一直亮著。迷迷糊糊間，她似乎看到一個人站在窗邊。背著光，她看不清楚那個人的臉。他的肩膀寬闊，體型高大。他手上拿著一隻看起來像是長槍的武器。

「他想殺了我嗎……？」在深沉的疲憊中，她沒有一絲不安。如果他真的打算這樣做，拜託瞄準一點。

希望你能夠聽到我的心願。她在心中暗自祈禱著。

那人舉起了槍，用長長的槍管，緩慢地磨蹭著自己的臉，來來回回好幾次。

眼前的畫面，讓春產生了一個奇異的想法：他在撒嬌。

如果能夠跟詹姆士上校見到面，該有多好。她想：如果上天給予我三個願望，我的第一個願望，就是把剩下的兩個願望，分給詹姆士上校。

為什麼？怪物伸出毛茸茸的大手，將她抱在懷裏。

她聽見怪物的心跳。

咚咚、咚咚。

我相信他。她的臉上沾滿怪物的毛。我相信他。她說。

恍恍惚惚間，她似乎聽到劇烈的敲門聲，她感覺得到自己再度被七手八腳抬上硬梆梆的擔架，離開沾了嘔吐物和屎尿味的床鋪。無線電對講機傳出來的聲音尖銳刺耳。有人伸出手指，確認她的呼吸。

她試圖閉氣，以為自己可以裝死。「生命跡象穩定。」她聽到有人這樣說。她非常難過。

多希望此刻有人摸摸她的頭，說：「我來了。」

「抱歉。我來晚了。」他這樣說。

○

即便閉著眼睛，春仍然能清楚感覺到，有什麼東西正在進入她的體內。

那是一些與她完全無關的東西，例如水，還有鹽巴。

「打了點滴，有沒有覺得比較舒服一些？」一個輕柔的女聲出現，無視她在裝睡。

她舔了舔嘴唇，口乾舌燥。不需要睜開眼睛，她已經知道自己身在什麼地方。

她猜有一根管子接到她的手上，或是更多：「是誰帶我回來這個地方？」她問。

「我們正在聯絡妳的親人。」溫柔的聲音又補了一句：「別擔心。」

「我自殺成功了！」幾公尺外爆出歡呼聲，所有人都停下手邊的動作，看往同一個方向。一個清秀的男孩子急著從床上坐起來，很快被七手八腳按住了。在他被人群包圍住前，有幾秒鐘和她對到眼，他的眼神是那麼乾淨，他無疑是這裏最快樂的人。

○

他們來了。

還沒有看到身影，春先聽到媽媽和爸爸爭執的聲音。他們顯然不願馬上進來。

「誰教的？」

「真好意思問……」

每一個字，都確確實實傳進她的耳裏。她環顧四周，白色的牆壁和白色的布簾，白色的床單和白色的燈管。

她這才發現點滴袋整個皺巴巴的，有幾滴紅色的血珠，慢慢沿著管子往上流。

連你們都要離開我了。她望著自己的手臂出神。

先走進來的人，是媽媽。她的眼睛紅紅的，頭髮有點亂，身上穿著一件春沒看過的藕粉色套裝，臉上還有淡淡的妝。這麼多年來，媽媽始終努力讓自己看起來沒有任何吸引力。

媽媽張開了嘴，沒有發出任何聲音。

一定是因為現在的我看起來比她還老。春想。她有點驚訝自己此刻有想要安慰媽媽的念頭。只有一下下。

「這點滴是怎麼回事？針頭都插歪了。」媽媽輕聲驚呼：「喂。」她轉頭看了看四處，一度舉高了手，又緩緩放下。

爸爸推門進來，春看到他的褲管兩側有水痕，看起來像剛從洗手間出來。「搞什麼？」媽媽壓低聲音抱怨。

她看著眼前這兩個把她帶到世界上的人。

「妳會好起來的，我們會等妳好起來。」爸爸說完這句話，就走了。她注意到爸爸的背濕了一塊。好奇怪，白色的房間裏明明很冷。

○

親愛的詹姆士上校：

他們要我別想關於你的事情。

經過了這一切，我仍然什麼都寫不出來。我想是因為我的生活中並沒有什麼大事。

我早就知道了。

我之所以痛苦，是因為我明白自己的痛苦並不重要。

親愛的詹姆士上校，他們要我忘了你。他們會為我做所謂的「治療」。

他們說我還是會記得你，只是，我不會再因為失去你而那麼難受了。

「那我不是就變成怪物了嗎？」我問他們。

他們之中的某些人，張開嘴巴想講什麼，又安靜下來。其他人露出若有所思的神情，看向別的地方。

我順著他們的視線看過去，那邊什麼也沒有。

「人，沒有那麼容易變成怪物的。」他們說：「相信我們。」

我好失望。

等到這一切都結束之後，你會變成我生命中一個無足輕重的回憶。

而我，將會成為大人。我會告訴孩子們：我曾經以為這個世界沒有人能夠理解我，然後我遇到了你。

「然後呢？」他們會追問。

「很晚了，快點睡吧。」我會這樣告訴他們。

你親愛的春

後記

這個故事獻給與我一起生活的貓咪芥川龍之介：謝謝你，讓我知道如何去愛。

徐珮芬

花蓮人，清華大學臺文所碩士。曾獲林榮三文學獎、周夢蝶詩獎及國藝會創作補助等。二〇一九年美國佛蒙特駐村藝術家。出版詩集《還是要有傢俱才能活得不悲傷》（2015）、《在黑洞中我看見自己的眼睛》（2016）、《我只擔心雨會不會一直下到明天早上》（2017）、《夜行性動物》（2019）。

晚安，糖果屋

作者 徐珮芬
主編 邱子秦
發行人 林聖修

封面設計 劉悅德
內頁插畫 劉悅德
內頁設計 張家榕

出版 啟明出版事業股份有限公司
地址 台北市敦化南路二段 57 號 12 樓之 1
電話 02-2708-8351
網站 www.chimingpublishing.com
服務信箱 service@chimingpublishing.com

法律顧問 北辰著作權事務所
印刷 漾格科技股份有限公司

總經銷 紅螞蟻圖書有限公司
地址 台北市內湖區舊宗路二段 121 巷 19 號
電話 02-2795-3656
傳真 02-2795-4100

初版 2021 年 12 月 27 日
ISBN 978-986-06812-1-5
定價 新台幣 380 元

晚安，糖果屋／徐珮芬作. --
初版. -- 臺北市：
啟明出版事業股份有限公司，2021.12
256面；14.8×21公分
ISBN 978-986-06812-1-5（平裝）

863.57　　110012721

晚安，糖果屋／徐珮芬作. --
初版. -- 臺北市：

本作品部分由財團法人國家文化藝術基金會贊助創作